KB164910

연암 어르신, 어디 가세요?

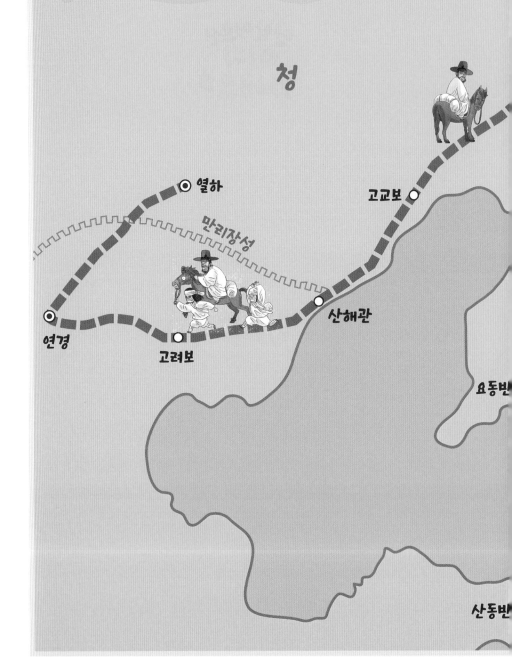

연암 일행의 청나라 여행길

청

열하

만리장성

고교보

연경

고려보

산해관

요동반

산동반

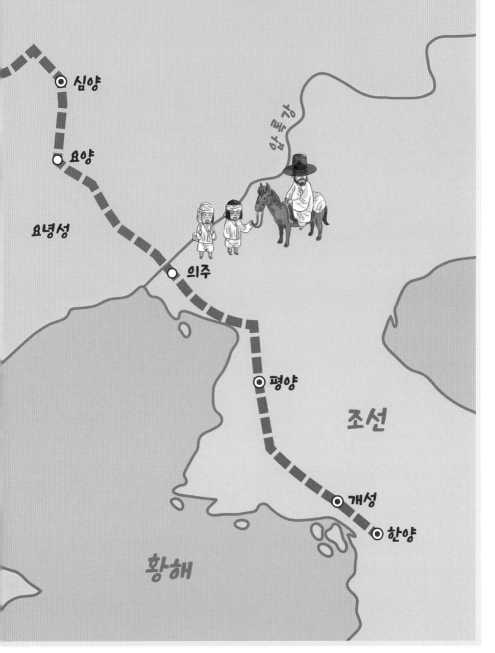

연암 어르신, 어디 가세요?

초판 1쇄 발행 2023년 11월 24일

지은이 | 차지애
그린이 | 송진욱
펴낸곳 | (주)태학사
등록 | 제406-2020-000008호
주소 | 경기도 파주시 광인사길 217
전화 | 031-955-7580
전송 | 031-955-0910
전자우편 | thspub@daum.net
홈페이지 | www.thaehaksa.com

편집 | 조윤형 여미숙 김선정 고여림
디자인 | 김현주
마케팅 | 김일신
경영지원 | 김영지

ⓒ 차지애, 2023. Printed in Korea.

값 14,000원
ISBN 979-11-6810-218-7 43810

"주니어태학"은 (주)태학사의 청소년 전문 브랜드입니다.

책임편집 고여림
디자인 김현주

이 도서는 한국출판문화산업진흥원의 '2023년 우수출판콘텐츠 제작 지원' 사업 선정작입니다.

연암 어르신, 어디 가세요?

연암 박지원을 모시고 열하를 다녀온 시종 창대의 일기

차지애 글 | 송진욱 그림

주니어태학

《열하일기》는 조선의 유명한 실학자인 연암 박지원(1737-1805)이 1780년, 집안 형님 박명원이 이끄는 사신 일행과 함께 청나라에 다녀온 후 그곳에서 겪은 일들을 기록한 책이다.

그런데 이 뛰어난 책을 여러 번 읽다가 문득 이런 생각이 들었다.

'21세기를 살아가는 모든 독자는, 이 책에 등장하는 박지원 같은 양반들이 겪은 경험과 여행 소감을 보고 감동한다. 하지만 《열하일기》에는 창대나 장복이 같은 노비들도 등장한다. 출발부터 도착까지 노비가 끄는 말을 타고, 노비가 모든 시중을 들어 주는 양반이 이처럼 힘들었다면, 말을 끌면서 그 먼 길을 시중들었던 노비들은 얼마나 힘들었을까?'

그때부터 창대를 비롯한 노비 입장에서, 청나라에서 겪은 이야기를 세상에 알리고 싶었다.

《창대의 일기》는 소설이다. 그러나 앞부분에 등장하는 2080년 이야기와, 맨 뒤에 나오는 1805년 일기를 제외하면 모두 《열하일기》

에 나오는 이야기이다. 다만 같은 날짜, 같은 사건에 대해, 박지원이 탄 말고삐를 잡고 간 창대 입장에서 쓴 것이 다를 뿐이다.

저자로서 독자 여러분께 꼭 드리고 싶은 말이 있다.

"《열하일기》야말로 우리 조상들이 남긴 가장 뛰어난 고전 가운데 한 편입니다. 그러나 박지원이 그런 글을 남길 수 있었던 것은, 말 위에서 코를 골며 자는 박지원을 양쪽에서 붙잡은 채 그 먼 길을 걸어서 다녀온 창대와 장복이 같은 노비가 있었기에 가능했는지 모릅니다. 실학자이자 위대한 학자인 박지원을 기리는 한편 뒤에서 묵묵히 그분을 도운 노비들도 기억해 주시기 바랍니다."

그럼 창대가 끄는 말고삐를 따라 우리 함께 청나라 여행에 나서 보자.

2023년 가을에
지은이.

차례

2081년 3월 4일
우리 집에 난리가 났다!

"서준아, 에헴. 잘 들어라. 우리 집안은 대대로 양반이었다. 그러니 너도 조상님들께 누가 되지 않도록 열심히 공부해야 하느니라."

양반이 무엇인지 잘 모르지만, 여하튼 좋은 것은 분명하다. 역사를 배울 때 늘 양반 이야기만 들어왔으니 말이다. 우리 집안도 대대로 양반이라는 말을 할아버지게 듣고 보니 기분이 나쁘지만은 않다.

그러던 어느 날이었다. 역사 시간에 선생님께서 말씀하셨다.

"박지원이 쓴 《열하일기》는 중요한 자료이자 뛰어난 작품이지. 1780년, 청나라 황제인 건륭제의 70세 생일을 축하하기 위해 조선 조정에서는 사절을 파견했다. 그때 사절을 이끈 정사 박명원의 팔촌 동생인 연암 박지원은 청나라의 문물을 살피고자 사절단에 합류했어. 박지원은 특별한 직책도 없이 여행에 나섰으니 행동과 생각이 자유로웠지. 그래서 여행 내내 청나라 문물을 살폈을 뿐 아니라, 귀국하여 《열하일기》를 집필하였어. 우리나라 역사상 가장 뛰어난 기행문으로 꼽히는 《열하일기》가 이렇게 탄생한 것이지.

여러분도 교과서만 읽을 게 아니라 이런 자료도 읽는다면, 우리 역사를 더욱 깊이 있고 입체적으로 이해할 수 있을 거다. 알겠느냐?"

"예!"

우리 모두는 제창하듯이 대답하였다. 그러나 나는 안다. 아무도 그런 책을 읽지 않을 것이다. 요즘 친구 녀석들은 역사를 좋아하지 않는다. 그래서 한 학기가 지나도록 역사 교과서가 새 책처럼 깨끗한 친구도 많은데, 하물며 이런 책까지 읽을 턱이 없다. 음, 나도 읽고 싶은 마음은 없으니 할 말이 없지만.

그로부터 며칠 후였다.

일요일이라 느지막하게 일어나 3D 게임이나 한판 해야지 하고 기지개를 켜는데, 갑자기 방 밖에서 소란한 소리가 들려온다.

"여기입니다, 여기요."

"이 책입니까?"

"맞습니다."

우리 가족이라야 대대로 양반 출신인 할아버지와 아버지, 엄마,

그리고 내가 전부인데 – 아, 나는 이 방에 있으니 밖에는 고작해야 세 사람뿐일 텐데 왜 이리 웅성거리지?

어안이 벙벙해진 나는 잠옷 바람에 슬그머니 문을 열었다.

아뿔싸! 커다란 카메라를 둘러맨 사람들에 마이크를 든 사람들까지 합세해 집안 가득 사람이 북적이는 게 아닌가.

가만, 아버지가 갑자기 유명 인사가 되셨나? 우리 아버지는 평생 은행만 다니셨는데. 그렇다면 할아버지가 유명 인사가 되셨을까? 하기야 양반 가문 출신이니 그럴 만도 하겠지. 그렇지만 내가 아는 할아버지는 특별히 하는 일 없이 등산 다니시고, 시간 나면 거실에 3D 전자책 펼쳐 놓고 책 읽는 낙으로 사는 노인일 뿐인데.

"그러니까 이 책이 300년 가까이 된 자료란 말입니까?"

"그렇다니까요."

"어떻게 이런 자료를 찾아내셨습니까?"

"아, 그 과정을 말씀드리지요."

문틈으로 내다보니 할아버지께서 의기양양한 모습으로 거실 가운데 소파에 앉으신 채, 탁자에 펼쳐 놓은 자료를 앞에 두고 카메라를 향해 말씀하신다.

아무래도 뭔가 대단한 자료인 듯하다. 아무도 내게 관심을 두지 않는 틈을 타 나는 바깥으로 나가 빼곡한 사람들 틈에서 할아버지 말씀에 귀를 기울였다.

"그러니까 에헴… 우리 집안은 대대로 양반 가문이었소이다. 그러다 보니 조상님들이 남겨 놓으신 자료가 많이 있었지요. 사서삼경은 물론 그 외에도 소중한 자료가 많이 쌓여 있습니다."

잠깐 말씀을 그친 할아버지께서 거실에 서 있는 에어컨 옆에서 케케묵은 책자를 들여오셨다.

"자, 이것이 그 자료들이오."

할아버지께서는 자료들을 한 권 한 권 넘기면서 말씀하셨다.

"이건…… 에 《동문선》®이고, 이건……에 《명심보감》®이고, 에 또……"

그때 누군가 짜증 섞인 말투로 말했다.

"어르신, 그건 알겠으니까 오늘 보여 주기로 하신 자료부터 보여 주시지요."

할아버지께서 고개를 드시더니 말한 사람을 향해 쳐다보았다.

"아니, 지금 자료 이야기를 하는데……"

"어르신. 어르신께서 간직해 온 자료가 중요한 건 우리가 다 압니다. 지금 방송 시간이 다 되어 가니 저희도 바쁩니다. 그러니 그 자료부터 보여 주십시오."

아직 할아버지 말씀도 안 끝났는데, 다른 사람이 또 한마디 거

> **《동문선》**
>
> 《동문선》은 1478년에 성종 임금의 명을 받아 서거정 같은 벼슬아치들이 만든 우리나라 글 모음집이다. 어려운 책이라 아는 사람이 드물겠지만.
>
> **《명심보감》**
>
> 《명심보감》은 고려 때 활동한 추적이라는 분이 만든 책으로, 조선에서뿐 아니라 일본에서도 많은 사람이 공부한 책이다. 21세기에도 아마 많은 사람이 이 책을 공부할걸?

든다.

그러자 할아버지께서 딱하다는 표정을 지으시더니 책을 덮고 말씀하셨다.

"내 이 귀한 자료들을 평생 소중히 간직해 왔는데, 며칠 전 우연히 그 자료들을 뒤적이다 이 자료를 발견했습니다. 알겠습니까?"

할아버지의 저 표정은 익숙했다. '우리 가문은 대대로 양반이었다.' 하고 말씀하실 때 짓던 바로 그 표정이니 말이다.

"그렇다면 오늘 처음으로 언론에 공개한다는 말씀이 맞습니까?"

WWS라는 방송국 스티커를 붙인 카메라를 든 사람이 물었다.

"당연하지요. 내 이 책을 경매 사이트에 내놓아 큰돈을 벌 수도 있었소이다. 그렇지만 우리 집안은 대대로 돈보다는 문화를 소중히 여긴 양반 가문이라서 그런 짓을 하지 않소이다. 내가 기자 여러분에게 처음 이 자료를 선보이는 것은 바로 그 때문이라오."

할아버지께서 우쭐하신 표정을 지으셨다.

"정말 훌륭하십니다."

여기저기서 카메라 찍는 소리가 들렸다. 카메라를 둘러맨 사람들도 열심히 할아버지께 초점을 맞추고 있었다.

우아, 양반 가문은 정말 대단한 거구나. 할아버지께서 양반 가문, 양반 가문, 하고 말씀하셨지만, 그게 왜 그리 중요한지 몰랐다. 양반 가문보다는 부자 가문이 더 좋을 텐데, 하고 생각하기도 했다. 그런데 오늘 이런 일이 벌어지니, 내가 양반 가문 출신인 것이 참으로 뿌듯하다.

"그럼 이 자료에 대해 설명 좀 해 주시겠습니까?"

한 기자가 물었다.

"당연하지요. 지금부터 설명하겠습니다. 참고로 이 자료에 대해서는, 옆에 앉아 있는 내 대학교 동창이자 국문학자인 김동훈 박사 도움을 받았다는 사실을 알려드립니다.

자, 그럼 시작하겠습니다. 에헴.

1780년에 여러분도 잘 알다시피 연암 박지원 선생은 청나라에 다녀와 《열하일기》를 집필합니다. 그 정도는 다 아시지요?"

"압니다. 그러니 어서 설명이나 하시지요."

기자들이 서두르는 표정으로 물었다. 나도 아는 내용을, 할아버지께서는 왜 기자들에게 묻는 건지 모르겠다.

"다행입니다. 그런 내용도 모르는 사람이 많아서 말이지요. 에헴.

그때 박지원 선생의 말고삐를 잡고 청나라에 다녀온 사람이 있습니다. 그 사람이 바로 《열하일기》에 등장하는 창대라는 분인데요. 이 글은 그 창대라는 분이 쓰신 일기입니다. 바로 《창대의 일기》지요. 에헴."

할아버지 말씀이 채 끝나기도 전에 우리 집 거실이 시끌벅적했다.

"그렇다면 이 글이 우리나라 최초로 노비가 쓴 일기라는 겁니까?"

《열하일기》는 한문으로 쓰였는데, 이 일기는 한글로 썼습니까?”

“창대라는 분이 쓴 일기가 왜 어른 집에서 전해 온 겁니까?”

“정말 창대라는 분이 쓴 글 맞습니까?”

“그 시대에 노비가 글을 쓸 수 있었나요?”

하도 많은 질문이 쏟아져 나오니, 할아버지는 물론 할아버지 친구이신 김동훈 박사님도 당황하신 빛이 역력했다.

김동훈 박사님은 오래전부터 우리 집에 자주 놀러 오셨지만, 그분이 박사님이라는 사실도 오늘 처음 알았다. 게다가 그분이 이 중요한 자료를 찾고 해설해 주신다니! 훌륭한 분을 내가 몰라보았구나. 역시 ‘낮말은 새가 듣고 밤말은 쥐가 듣는다’는 속담…… 가만, 그게 아니구나. ‘등잔 밑이 어둡다.’라는 속담이 딱 들어맞았다.

“한 분씩 말씀하십시오. 이렇게 한꺼번에 물으면 어떻게 답해야 할지 알 수 없으니 말이오.”

이제까지 조용히 계시던 김 박사님께서 나서며 말씀하셨다.

“에, 우선 이 책은 18세기 후반 사용하던 한글 표기법으로 쓰인 게 맞습니다. 그러니까 한글로 쓴 책인 셈이지요. 그리고 종이 질과 표기법을 살펴본 결과 19세기에 작성한 책이 틀림없습니다. 또 무슨 질문이었지요?”

“창대라는 노비가 쓴 책이 맞습니까?”

한 기자가 묻자 김 박사님 표정이 진지해졌다.

"음, 저도 평생 우리 글로 된 자료를 연구했지만, 노비가 쓴 책은 처음 봅니다. 그래서 처음에는 이 글이 노비가 쓴 글인지 의문이 들었던 것이 사실입니다. 그러나 꼼꼼히 읽어 본 결과 맞다는 결론을 내렸습니다. 우선 글 가운데 어려운 한자 문장이 거의 없었습니다. 한자 문장은 중국 글을 많이 읽은 사람만이 사용할 수 있거든요. 또 내용 가운데 자신이 왜 이 글을 썼는지, 어떻게 썼는지 자세히 설명해 놓았는데, 그 내용이 믿을 만했습니다. 그뿐이 아닙니다. 창대라는 사람이 기록한 내용을 박지원의 《열하일기》와 대조해 보았더니 한 치도 어긋남이 없었습니다. 《열하일기》에 창대라는 인물이 등장하는 것은 말할 것도 없고요. 그러니 창대라는 인물이 박지원을 모시고 청나라에 다녀왔다는 사실은 분명합니다.

다만 노비가 글을 썼다는 것에 의문을 품는 분이 많은데, 이 정도 글이라면 충분히 쓸 수 있다고 판단했습니다. 왜냐하면 그 시대에는 조선의 민중 다수가 한글을 접했고, 한글 책자를 읽었기 때문입니다. 한글 책자를 읽을 수 있는 사람이라면, 조금만 노력하면 한글로 된 글을 쓰는 거야 어렵지 않을 테니까요."

김 박사님 설명이 끝나자 많은 기자가 고개를 끄덕였다.

"그런데 어떻게 이 책이 이 집안에 전해 왔습니까?"

다른 기자의 질문이 끝나자마자 할아버지께서 입을 여셨다. 김 박사님보다 앞서 설명하겠다는 표정이었다.

"에헴, 우리 집안은 대대로 양반이었습니다."

"어른 집안이 양반인 것은 앞에 말씀하셨습니다. 그러니 반복하지 마시고요. 책을 어떻게 구했는지 연유를 말씀해 주세요."

그럴 줄 알았다. 할아버지는 입만 여시면 양반 가문을 내세웠으니, 기자들도 짜증이 날 것이다.

"허허, 그렇게 서두르지 마십시오. 이 귀한 자료를 오늘날까지 보관해 온 가문의 노력을 널리 알리는 것이 언론의 역할 아닙니까?"

말을 마친 할아버지께서는 잠시 숨을 고르시고는 말을 이으셨다.

"아무래도 창대라는 인물이 우리 가문에서 노비로 일하면서 이 글을 간직해 온 듯합니다. 우리 집안은 양반이니까요, 에헴."

"그렇다면 어른 집안이 박지원 집안이라는 말씀입니까? 창대는 박씨 집안의 노비였으니 말입니다."

그 순간 할아버지 얼굴이 발갛게 물들었다.

"어, 우리 집안은 김씨입니다. 그러니까 창대라는 분이 나중에 김씨 집안으로 옮긴 것이 분명합니다, 에헴."

> **박규수**
> 조선 후기에 활동한 개화파 선비니, 내가 죽은 후에 활동했을 것이다. 그러나 나는 다 안다. 300년 후인 2080년도 내다볼 정도인데, 고작 100여 년 후야 식은 죽 먹기다.

"이상한데요. 조선 시대에 노비가 다른 집안에 팔려 간 적은 있지요. 그러나 박지원 집안은 계속 이어져 개화기에 활동한 박규수®도 박지원의 손자로 유명하지 않습니까? 그런데 박지원 집안의 노비가 다른 집안으로 옮겼다고요?"

"어, 그러니까…… 노비가 한 집안에 평생 머물 수도 있고 다른 집안으로 이사 갈…… 수도 있는 것 아닌가요? 요즘도 이사 가는 사람이 많잖아요."

"에이, 조선 시대에 이사를 자주 다닌다는 말은 오늘 처음 듣습니다, 어르신."

할아버지께서 잠시 생각에 잠긴 듯했다. 그때 김 박사님이 입을 여셨다.

"에, 제가 한마디 하겠습니다. 김씨 집안에는 죄송합니다만, 아무래도 창대라는 분은 이곳 김씨 집안의 조상인 듯싶습니다."

이 말이 끝나기가 무섭게 할아버지께서 눈을 크게 뜨시더니 김 박사님을 쳐다보셨다.

"뭐요, 김 박사? 우리 집안이 노비 출신이란 말이야? 허어, 고얀지고."

"청규야, 내 말 잘 들어 봐."

청규는 우리 할아버지 이름, 아니 함자(衛字)다. 음, 어른의 이름을 가리킬 때는 이름이라고 하지 않고 높여서 '함자'라고 한다. 이건 내가 양반 가문 출신이라서 아는 것이다.

"청규야, 1894년 갑오개혁*을 실시하면서 조선에서는 신분 제도가 철폐되었어. 그때 공노비와 사노비* 모두 평민이 되었지. 그래서 그때까지 성을 갖지 못했던 노비들도 성을 갖게 되었어. 성이 없던 사람들은 자신이 모시던 양반의 성을 따르거나, 아예 다른 성씨를 새로 만들기도 하였지. 그래서 오늘날 우리나라 국민 모두가 성을 갖게 된 거야. 조선에 가장 많은 게 노비였는데, 오늘날 성 없는 사람이 없잖아. 그러니 우리 대부분은 노비 집안 출신인 거야. 많은 사람은 자신이 양반 출신이라고 우기지만, 대부분은 양반이 아니지. 나도 우리 조상이 양반이 아니라고 생각해. 그리고 양반이 아니면 또 어떠냐? 오히려

짝 짝 짝 짝 짝

흑흑... 감사합니다.

양반 출신 아닌 사람들이 노력해서 다양한 직업을 갖고 사회에 이바지하게 되었다면 더 훌륭한 일 아니겠냐?"

김 박사님이 일장 연설을 하시자 그곳에 모인 사람 모두가 고개를 끄덕였다. 한동안 침묵이 흘렀고, 할아버지 역시 아무 말씀도 하지 않은 채 자료만 뚫어지게 바라보셨다.

"기자 여러분. 여기 있는 이 《창대의 일기》는 정말 대단한 자료입니다. 우리 역사상 최초로 노비가 기록한 일기니까요. 그런 일기를 남긴 창대라는 어른은 역사에 반드시 기록해야 합니다. 그뿐이 아닙니다. 노비 출신이면서도 후대를 위해 귀한 기록을 남긴 어른의 유물을 오늘날까지 안전하게 보존해 온 김씨 가문에게도 큰 박수를 보내야 할 것입니다. 제가 보기에는 김청규 씨 가문이야말로 진정 뛰어난 가문입니다. 노비로 태어났지만, 신분의 한계를 뛰어넘어

공부하고 좋은 글을 남긴 조상을 두었으니 말입니다."

"짝짝짝!"

한 기자가 박수를 치기 시작했다. 그러자 여기저기서 박수 소리가 이어졌고, 결국 온 집안이 박수 소리로 들썩였다.

"맞습니다. 천민으로 태어나 이 귀한 기록을 남긴 창대 어른과, 그 귀한 자료를 300년 가까이 온전히 보존해 온 김씨 가문에 감사드립니다."

처음 박수를 치기 시작한 기자가 소리 높여 말했다.

"감사합니다!"

여기저기서 환호와 박수가 흘러나왔다.

할아버지께서는 얼떨결에 일어나시더니 90도로 인사를 했다.

"감사합니다…… 이 자료를 나라에 바칩니다. 흑…… 많은 분이 흑…… 이 자료를 보시고 우리의 귀한 문화를 미래에 전해 나가기를 흑…… 바랍니다. 조상이신 창대 어른…… 흑…… 감사합니다."

어느새 할아버지는 울고 계셨다. 가만있어라. 내 눈에 흐르는 것은 무엇이지? 앗, 이것도 짠 걸 보니 눈물이 맞구나.

그나저나 우리는 오늘부터 양반 가문이 아니네. 그러면 어때. 사회에 이바지하는 사람이 되었으면 그걸로 족하다. 나 역시 노비 가문 출신으로 미래에 더 큰 역할을 하면 되지 뭐.

어쨌든 《창대의 일기》는 우리 조상이신 창대 어른께서 쓰신 글이니 당연히 읽어 보아야겠지. 휴, 시험에 자주 나오는 《열하일기》도 안 읽었는데, 이제 《창대의 일기》까지 읽어야 하다니!

'창대 할아버지. 남겨 주실 거면 값나가는 도자기나 3D 금고를 남겨 주시지, 하필이면 글을 남기셔서 공부할 거리를 더 만들어 주시나요?'

그 후 나는 어쩔 수 없이 김 박사님이 현대어로 정리하신 《창대의 일기》를 읽었다.

그뿐이 아니다. 우리나라에 있는 신문과 방송 모두에서 우리 할아버지의 할아버지의 할아버지의 할아버지께서 쓰신 《창대의 일기》 이야기를 전했다. 할아버지께서는 그 많은 신문과 방송, 잡지 기사를 모두 모으고 저장하셨다. 그러고는 틈만 나면 그걸 읽고 틀어 보신다. 우리 집 벽에 붙은 3D 디스플레이에서는 시도 때도 없이 《창대의 일기》 관련 기사와 동영상, 다큐멘터리가 모습을 드러낸다.

결국 나는 《창대의 일기》를 세상에 고스란히 전달하기로 마음먹었다. 어떤 사람들은 이걸 책으로 만들어서 팔면 돈을 많이 벌 거라고 하지만 할아버지, 아버지께서는 절대 그럴 뜻이 없으시단다. 조상님께서 남기신 소중한 자료로 돈벌이를 하는 것은 천부당만부당하다고 하시면서.

그래서 결국 내가 이 글을 모든 이에게 무료로 전하기로 결심했다.

그렇다면 김 박사님이 정리하신 《창대의 일기》를 내가 세상에 전하는 까닭이 무엇인지 궁금하지?

어차피 나는 할아버지 뜻에 따라 다 읽었다. 휴, 다 읽느라고 힘들었다. 솔직히 요즘 몇 사람 빼면 누가 책을 읽느냐 말이다. 그러니 나만 그런 고통을 겪을 수는 없다. 이 책이 세상에 알려지면 분명 영재선발대회에도 출제될 것이다.

옛날에는 대학교라는 게 있어서 거길 들어가려고 온갖 노력을 기울였다는데, 다행히 오늘날 그런 곳은 없다. 다만 나 같은 뛰어난 사람을 선발해 사회를 이끌어가는 지도자로 키우는 영재선발대회가 있는데, 그건 오직 누가 책을 많이 읽었느냐로 판가름 난다. 그러니 이 책을 세상에 알리면, 다른 친구들도 이 책 읽느라고 고생깨나 할 것이다.

그렇다고 처음부터 끝까지 고통스럽기만 한 것은 아니다. 양반 놀려 먹은 대목도 있고, 사랑 이야기도 있으니 말이다.

그럼 다른 친구들이 이 책 읽느라고 고생할 동안 나는 게임이나 잠깐 할까.

1장

압록강을 건너 청나라로!

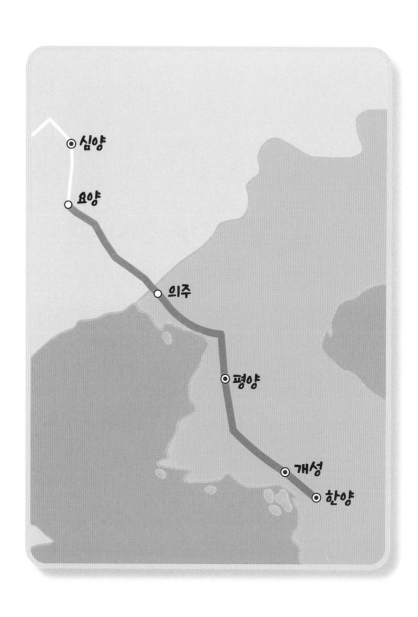

압록강을
건너다

이럴 줄 알았으면 집에서 나올 때부터 일기를 쓰는 건데.

처음 연암 어른께서 청나라에 가신다는 말을 들었을 때만 해도 그런가 보다 생각했다.

그런데 어른이 타고 가는 말의 경마를 내가 잡는다는 말을 듣고부터는 가슴이 쿵쾅쿵쾅 뛰기 시작했다.

'경마 잡는다'는 말이 무슨 뜻이냐고? 허, 이렇게 무식할 수가!

남이 탄 말의 고삐를 잡고 길을 가는 것을 경마 잡는다고 하는 것도 모르나? 아하, 혹시 300년 후 사람들도 이 글을 읽을지 모르니 내가 이해하자.

게다가 나는 주인 몰래 책을 좀 읽었으니 알지, 다른 친구들이 이

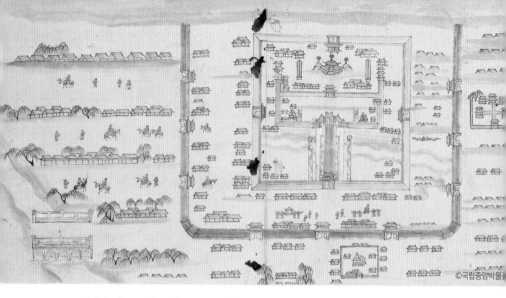

▲ 연경의 모습이야. 우리 일행보다 150년쯤 전에 중국 명나라에 다녀온 사신 일행이 그린 '항해조천도(航海朝天圖)'라는 작품인데, '바다 건너 명나라 황제를 뵈러 가는 그림'을 뜻해. 그림을 보면 썩 번화하지 않은 것 같지만, 내가 직접 가서 보니 정말 번화하더라고!

런 말을 알 리 없다. 그러니 똑똑한 내가 이해를 해야겠지.

> **130리**
>
> 서울에서 개성까지 거리는 약 52킬로미터다. 4킬로미터가 10리니까 53킬로미터는 130리에 해당한다.

'내가 청나라를 간단 말이야?'

한양에서 고작 130리˚쯤 떨어진 개성에 다녀온 사람도 드문 조선 시대에 수천 리인지, 수만 리인지 떨어진 청나라 도읍 연경을 가다니! 어, 연경이 어디인지 모르는 사람도 있겠구나. 300년 후를 살아가는 사람들은 더더욱 연경이 어디인지 모를 것이다. 연경(燕京)은 '연나라 수도'라는 뜻인데, 연나라는 오래전 중국에 있던 나라였

다. 그때부터 연경이라고 불렸는데, 사실 정확한 도시 이름은 북경
(北京)이다. 중국말로는 베이징이라고 부르고. 아마 300년 후에도 그
렇게 부를 것이다. 그런데 왜 우리 조선 사람들은 아직도 연경이라
고 부르는지 모르겠다. 여하튼 연경이 북경이고, 북경이 베이징이라
는 것쯤은 조선 사람이건 300년 후를 살아가는 사람이건 알아야
한다.

　도무지 실감이 나지 않았다.
　이게 얼마나 대단한 일인지는 앞으로 300년 후인 2080년에 살
아갈 친구들이 더 잘 알 것이다. 그때는 정말 평생에 청나라 한 번
가기 힘들 것이다. 왜?
　청나라가 그때까지 있으란 법도 없을뿐더러, 갈수록 말도 구하
기 힘들 테니까. 할아버지 말씀이 옛날에는 말이 많았단다. 말을 타
고 전쟁을 할 정도였다니, 말이 얼마나 많으면 병사들이 모두 말을
탔지?
　그런데 지금은 말이 무척 귀하다. 우리 같은 하인은 말할 것도 없
고 양반도 말 타고 다니는 사람이 드물다. 그러니 말이 없으면 도대
체 무엇을 타고 그 먼 곳까지 간단 말이냐? 물론 말은 우리 어른이
타시고 나는 걸어갈 테지만.
　아, 미래에 살아갈 사람들은 참으로 불쌍하다. 말은 갈수록 줄어

들고 모두 걸어 다녀야 할 테니까.

처음 그 말을 들은 나와 장복이는 "우리가 진짜 청나라에 가는 거냐?" 하며 흥분해서 숨도 제대로 쉬지 못했다. 아, 장복이가 누구인지도 모르겠군. 장복이는 나와 함께 연암 어른을 모시는 하인이다. 나이는 나보다 어리다. 음, 머리도 나보다 부족하다. 물론 내 생각이지만 정확할 것이다.

나와 장복이 모두 조선 땅도 가 본 곳이 거의 없다. 어른이 3년 전에 머물던 황해도 금천에 다녀온 것이 여행의 전부다.

그런데 갑자기 청나라에 가다니! 이게 꿈이냐, 생시냐!

그때는 난생처음 청나라 땅에 간다는 생각에 들떠서 일기를 쓸 엄두도 내지 못했다.

그런데 한양에서 이곳 의주까지 걸어오다 보니 심심하기도 하고, 또 이제 막 열매를 키워 가던 대추나무 밑에서 떠나는 나를 바라보며 눈물을 흘리던 옥년이에게, 내가 어디를 어떻게 다녀왔는지 알려 주고 싶어서 일기를 쓰기로 결심했다.

고작 양반집 하인 노릇이나 하는 내가 어떻게 글을 쓰느냐고? 허허, 참. 큰일이로군.

양반이라고 글 쓰고 글 읽는 능력을 타고나는 것이 아니다. 양반도 밤새워 열심히 공부해야 비로소 글을 읽을 줄 알고 쓸 수 있다.

하인도 마찬가지다. 하인도 공부를 열심히 하면 글을 읽을 수 있고, 그럼 글도 쓸 수 있다. 물론 나와 함께 하인 방에서 머무는 하인들 대부분은 공부를 하지 않는다. 아침부터 저녁까지 온갖 일을 하기에 무척 피곤하다. 그러니 방에 돌아와서 책을 펴기는 쉽지 않다. 나도 방에 들어오면 눈이 스르르 감길 정도니까.

그렇지만 나는 눈에 쌍심지를 켜고 책을 읽는다. 지금은 돌아가신 아버지께서 신신당부하셨기 때문이다.

"창대야. 너를 하인으로 낳아서 참으로 미안하구나. 내가 양반이면 너도 양반으로 태어나서 평생 공부를 하면서 살았을 텐데……

그렇지만 너무 실망하지 마라. 옆집 순돌이 아버지 말을 들으니, 요즘 왜나라나 청나라에서는 양반이나 하인, 가릴 것 없이 공부를 열심히 하는 사람이라면 누구나 벼슬도 할 수 있다더라. 그러니 우리 조선도 얼마 가지 않아 그런 세상이 될 것이다.

그럴 때가 오면 무엇보다 실력이 중요할 테니 열심히 공부하거라."

그때부터 나는 열심히 공부했다. 책은 느티나무집 오창이에게 구했다. 오창이가 모시는 한씨 가문 역시 양반인데, 그 집 아들 창수는 공부에는 뜻이 없어 책 버리기를 밥 먹듯이 한다. 그래서 내가 오창이에게 부탁하였다.

"오창아, 창수 도련님이 버리는 책 있으면 내게 주라."

오창이는 내가 가끔 엿이랑 식혜랑 갖다주면 좋아라고 책을 가져온다. 나는 그 책으로 공부한 것이다.

엿이랑 식혜는 어디서 났느냐고? 그런 건 묻지 않는 게 예의다. 절대 옥년이가 부엌에서 몰래 갖다준 건 아니다.

오늘 일기를 쓰기 위해 너무 뜸을 들였다.

오늘 일기 시작!

오늘에야 비로소 청나라에 발을 들여놓았다. 아, 엄밀히 말하면 아직 청나라가 아니다. 우리 조선과 청나라 국경 사이에는 아무도 살지 않는 땅이 있다. 그러니 이곳은 그 어느 나라도 아닌 셈이다.

내가 모시는 분 이름은 박지원으로, 우리는 '연암 어른'이라고 부른다. 이분은 벼슬아치도 아닌데, 집안이 워낙 좋다. 말 그대로 양반 가문이다. 이번에 청나라에 가는 사신을 이끄는 분은 연암 어른의 팔촌 형님인 박명원 어른이다. 연암 어른은 그 덕에 따라가게 된 것이다. 청나라에 왜 가느냐고? 청나라 황제인 건륭제의 일흔 살 생신을 축하하러 가는 거다.

청나라는 워낙 강대국이어서 밉보이면 안 된다. 우리 조선은 지금부터 150년 전에 청나라를 우습게 보았다가 큰코다쳤다. 정묘호란과 병자호란˚을 겪은 것이다. 그러니 좀 기분이 상해도 평화를 위해서는 이 정도 예의는 갖추는 게 외교다.

300년 후인 2080년을 사는 후손들이라고 다를까? 절대 안 그럴 것이다.

백성을 생각하면 어느 시대건, 전쟁보다는 외교가 중요하다. 그러니 조선이건 300년 후 나라건, 주변 여러 나라와 평화롭게 외교 관계를 맺으며 살아갈 필요가 있다. 그렇다고 나라 지키는 일에 소홀하면 큰일 난다. 우리 조선이 150여 년 전에 그랬으니까.

다시 일기 시작!
이제는 절대 옆길로 새지 않겠다.

압록강을 건너려니 난리가 났다.
강을 건너면 청나라니까 준비를 해야 한다는 것이다.
"절대 우리나라 돈은 가지고 갈 수 없다. 그리고 우리나라 물품도 가지고 들어가면 안 된다. 만일 가지고 갔다가 걸리면 곤장 수백 대를 맞는다. 재수 나쁘면 목이 잘릴 수도 있어. 그러니 모두 샅샅이 뒤질 수밖에 없다. 알겠나?"

나랑 장복이는 서로 목을 만져 보며 땀을 흘렸다. 청나라 구경에

> **병자호란**
>
> 1627년, 그 무렵 만주를 지배하던 여진족의 나라 후금은 조선을 침략하였다. 조선이 명나라를 받들며 후금에 저항했기 때문이다. 결국 조선은 후금에 항복하면서 형제국이 되기로 약속하였다. 그런데 후금의 힘은 날이 갈수록 강해졌고, 나라 이름도 청으로 바꾸었다. 청은 그때부터 조선에게 무리한 요구를 해 왔고, 화가 난 조선 조정은 청나라에 저항하려는 뜻을 세웠다. 이에 청은 1636년, 다시 조선 침략에 나섰다. 명나라까지 멸망시킬 만큼 힘이 강했던 청나라를 상대로 조선은 고작 두 달도 견디지 못하고 항복하고 말았다. 이후 조선은 청나라를 섬기며 평화를 유지할 수밖에 없었다. 1627년, 후금이 침략한 사건을 정묘호란, 1636 청나라가 침략한 사건을 병자호란이라고 부른다.

나섰다가 옥년이와 혼인은 고사하고, 작별 인사 한번 못하고 목이 잘릴 수도 있다니!

"장복아, 너 돈 가진 것 있으면 다 내놔."

우리는 주머니를 탈탈 털어서 동전을 모았다.

평소 같으면 동전 반 닢도 내놓지 않을 녀석이 기꺼이 내놓는 걸 보니, 장복이도 죽는 건 싫은가 보다. 장복이도 혼인하기 위해 언약한 낭자가 있나? 사실 건넛마을 기생 춘향이 동생 향단이를 사모했지만, 지난번에 사랑을 고백했다가 퇴짜맞았다. 그때 얼마나 울고불고 난리였는지, 내가 술 사주며 가까스로 달랬다. 그 후로 여자 이야기는 없었으니 작별 인사할 낭자 따위는 없는 게 분명하다. 그렇다면 총각 귀신으로 죽으나 청나라 병사들에게 죽으나 매한가지 아닌가?

우리는 상평통보˚ 스물여섯 푼을 가지고 가까운 주막에 들렀다. 이제 압록강을 건너면 술 한잔 마실 수 없을 테니 마지막으로 막걸리 한잔을 마실 요량이었다. 주막에 들러 동전 스물여섯 푼을 내놓고는 가지고 간 오지병(진흙으로 만든 술병. 잿물을 발라 구워 검게 윤이 난다)을 내놓았다.

"이 돈만큼 막걸리 주세요."

그러자 주모가 난처하다는 듯 말했다.

"이 돈이면 오지병에 가득 담고도 남는데, 어떡하지?"

짐 꾸러미 속에 있는 오지병은 하나뿐이니 별수 없다.

"그럼 병에 가득 담고, 남는 것은 사발에 주세요."

그러자 주모가 큰 사발에 막걸리를 가득 준다.

안 그래도 더운 터라 마른 목을 축일 겸 벌컥벌컥 마셨다.

"그만 마셔. 나도 마셔야지."

장복이 녀석이 그 새를 참지 못하고 성화다.

"옜다."

나는 반 남짓─사실은 반보다 훨씬 더 마셨지만, 장복이는 어리니까 이것도 많은 거다─남은 사발을 장복에게 건넸다.

압록강변은 아무리 북쪽 지방이지만, 더위는 남쪽 한양이나 마찬가지인 듯했다. 오늘이 6월 24일인데, 뭐가 그리 덥냐고? 허허, 이런 무식한 녀석들 봤나. 조선 시대에는 양력 대신 음력을 사용한다고. 그러니 6월 24일이면, 양력으로 7월 25일이란 말이다. 여름의 한가운데인 셈이지. 그러니 더울 수밖에.

그런데 어떻게 양력으로 7월 25일인 걸 알았냐고? 별걸 다 묻네. 인터넷 음력 변환기, 아차! 내가 사는 조선에 인터넷이 없구나. 내가 머리로 계산했다. 원래 내 머리가 비상하거든. 알았어?

오랜만에 목을 축인 우리는 오지병을 들고 어른께 갔다.

"이거 드시지요. 저희 엽전 남은 것 탈탈 털어서 샀습니다."

그러자 육중한 몸에 땀을 뻘뻘 흘리던 어른이 대견하다는 듯 술병을 받더니 한마디 하신다.

"너희들 술은 좀 마시냐?"

이럴 때 말조심해야 한다. 자칫하면 집 안에 술 사라질 때마다 우리를 의심할 테니까.

"입에도 대지 못합니다요."

그러자 호탕하게 웃으시며 또 한마디 하신다.

"너희들이 술을 마실 줄 알겠느냐, 허허허!"

그러더니 술을 주발에 따르더니 맛나게 마신다. 그러고는 남은 술을 여기저기 뿌리신다. 고수레하시는 거다. 나도 어른이 주시는 술을 뿌리며, 청나라를 무사히 다녀와 옥년이와 혼인할 수 있기를 빌었다.

사신 일행은 압록강을 건너기 전 몸수색을 단단히 한 후 강을 건넜다. 벌써 날이 저물고 있었다.

오늘은 도리 없이 들에서 잠을 청해야 한다. 압록강을 건넌 후 눈에 들어오는 것이라고는 허허벌판뿐이니 말이다.

우리가 머물 곳에 도착했을 때는, 이미 여기저기에 천막을 설치한 후였다.

우리가 모시는
박지원 어른 초상화야.
진짜 푸짐, 아니 뚱뚱, 아니 거대하지 않아?
나나 장복이는 빼빼 말랐는데,
어른은 매일 술 마시고 밥 많이 드시면서
걷지도 않으니 살이 찔 수밖에.
양반들도 웬만한 곳은 걸어서
다녀야 할 텐데 말이야.

　　출발할 때 이미 보았지만 사신 일행은 정말 대단하다. 일행 가운데 가장 높은 정사, 그다음으로 높은 부사, 세 번째인 서장관을 비롯해 따라나선 연암 어른 같은 선비들과 더불어 그분들을 모시고 가는 수행원, 그리고 양반들은 한 분 한 분이 나 같은 경마잡이와 장복이 같은 시종들을 끌고 간다. 그 외에 청나라 황제께 드릴 선물을 실은 말을 끌고 가는 마두(馬頭)도 무척 많다. 그뿐이랴. 청나라에 들어가 활동할 통역사도 여러 사람이고, 사신 일행을 호위하는 병사만 해도 수백 명이 넘는다. 그러니 서너 명, 많으면 대여섯 명이 머무는 천막이 수도 없다. 여기저기서 말 우는 소리, 밥 짓는 소리, 닭 잡는 소리가 요란하다.

　　우리 곁에는 청나라에 장사하러 가는 장사치 일행도 천막을 치고 머물고 있었다. 이들은 양반이 아닌데도 사신 일행만큼이나 벅적지근하게 밥을 먹는다. 이럴 줄 알았으면 나도 장사치가 될걸.

하지만 이내 마음을 돌렸다. 아버님 가르침대로 나는 공부를 해야 한다. 그러나 밤새 장사치 꿈을 꾸었다. 장사치, 공부, 장사치, 공부. 처음 청나라에 발을 디뎠으니 피곤해서라도 잠을 푹 잘 거라고 생각했는데, 자다 깨다 한다. 처음에는 장사치 꿈을 꾸느라고 그러는 줄 알았는데, 그게 아니었다. 군뢰, 즉 죄인을 다루는 병사들이 밤새 나팔을 불고 고함을 치는 등 난리가 아니다. 그러니 잠을 제대로 자겠는가.

도무지 견딜 수가 없어서 나는 천막 밖으로 나왔다. 어두울 줄 알았는데, 웬걸 밖은 대낮같이 밝다. 여기저기에 화톳불을 피워 놓았기 때문이다. 어슬렁거리며, 시끄럽게 고함을 치는 병사들 곁으로 다가갔다.

"아저씨들, 왜 그렇게 소리를 치세요? 한숨도 못 자겠어요."

나는 뾰로통한 표정으로 물었다.

"예끼, 이 녀석. 잠자는 것이 죽는 것보다 낫냐?"

"예? 그게 무슨 말이에요?"

"우리가 괜히 밤새도록 소리를 치는 줄 아느냐? 다 죽지 않으려는 거야. 하하!"

그러자 옆에 있던 다른 군뢰가 한마디 거든다.

"이 녀석아. 이렇게 하지 않으면 호랑이가 공격한단 말이야. 너 호랑이에게 물려 가 볼 테냐? 하하."

아하! 호랑이가 다가오지 못하도록 밤새도록 소리를 치는 거구나. 나는 알았다는 듯 웃으며 인사를 하고는 다시 천막으로 돌아왔다.

잠을 자려고 다시 누웠는데, 이번에는 하늘에서 비가 후두둑 떨어지기 시작한다. 천막 사이로 비 떨어지는 것은 참을 만했다. 그런데 갑자기 걱정이 되기 시작한다. 비가 와서 화톳불이 다 꺼진 틈을 타 호랑이들이 공격하면 어떡하지? 호랑이에게 물려 가도 정신만 차리면 살 수 있다는 속담이 떠오른다. 맞아. 정신을 차려야지, 정신을 차려야지, 정신을 차려, 정신을, 정신…… 그러다가 어느새 잠이 들었다.

책문에
도착하다

새벽같이 일어나 길을 떠났다. 얼마나 갔을까, 길에서 후줄근한 되놈 대여섯 명을 만났다. 아, 되놈이 누구인 줄 모르겠구나. 되놈은 청나라 사람을 낮잡아 부르는 말이다. 일본 사람을 왜놈이라고 부르는 것과 같다. 나귀를 타긴 탔는데, 몰골이 거지 비슷하다.

"어디 가는 길이냐?"

경마잡이 가운데 나이가 지긋한 어른이 묻자, 국경 경비대에 가는 길이란다. 그런데 저렇게 비쩍 마르고 힘도 없어 보이는 사람들이 국경을 지키러 간다니 청나라가 걱정이다. 아차, 우리가 청나라 걱정할 때가 아니구나. 청나라 침략을 받아서 경을 치른 적이 있으니 말이다.

그때였다. 마두인 홍동 어른이 나서더니 그들에게 호령을 한다.

"어서 내리지 못하겠느냐?"

하도 큰소리를 치니 되놈들 어안이 벙벙한 모양이다. 쭈뼛하더니 서너 명이 나귀에서 내려 우리 옆에 선다. 그러나 나머지는 내리지 않는다.

"너희는 안 내려?"

"우리가 왜 내려야 하오?"

내가 생각해도 그렇다. 아무리 되놈이라고 해도, 왜 내리라는 건지 나도 모르겠다.

"허, 이 녀석 좀 보게. 우리 대감님이 무얼 가지고 가는지 몰라서 묻는 거냐?"

"당신 대감이지 우리 대감이오? 그 사람이 무얼 가지고 가든 우리가 알 바 아니오."

퉁명스레 내뱉는 모습이 여간 아니다.

"이런 무식한 놈. 여기 '황제 폐하 어전에 올립니다'라고 써 있는 게 안 보이느냐?"

그러자 되놈들이 얼굴이 하얘지더니 급히 나귀에서 내린다.

"이제야 내렸겠다? 네놈들 맛 좀 보거라."

마두 몇 사람이 달려들어 그들을 향해 삿대질을 한다. 그러자 가장 나이 든 되놈이 손을 싹싹 빌면서 사정한다.

"아, 저 젊은 녀석들이 뭘 몰라서 저지른 짓이니 용서해 주십시오."

그러자 다른 되놈들마저 비에 젖어 축축한 진흙탕에 머리를 박고 손을 빈다.

이 모습을 본 마두들과 몸종, 경마잡이들이 배를 잡고 웃는다.

"네 이놈들, 오늘 경칠 뻔했어. 우리 대감께서 좋은 분이라 무사한 줄 알아."

되놈들이 부랴부랴 길을 떠난 후, 어른이 호통을 치셨다.

"야, 이 녀석들아. 아무리 그래도 그렇지, 죄 없는 사람들을 그렇게 야단을 치면 되느냐?"

그러자 홍동 어른이 피식 웃으며 한마디 하신다.

"어르신. 이런 건 못 본 척해 주십시오. 기나긴 여행길을 가면서 이런 재미도 없으면 견디기 힘듭니다. 헤헤."

그러자 어른도 웃음을 지으며 고개를 끄덕이신다.

"하기야 나도 이렇게 지겨우니 자네들이야 어련하겠는가. 그래도 죄 없는 사람들을 괴롭히지는 말게나."

나도 오랜만에 배를 잡고 웃었지만, 한편으로는 되놈들에게 미안하기도 했다.

드디어 책문에 도착했다.

이곳부터 진짜 청나라다.

책문은 조선과 청나라 상인들이 모여 물건을 사고파는 장소이기도 하다. 글쎄 300년 후에도 다른 나라와 물건을 사고팔지는 잘 모르겠다. 왜? 그때는 한 나라에서 필요한 물건은 그 나라에서 다 만들 수 있을 테니 말이다.

그러나 지금 조선에서는 필요한 물건을 모두 만들지 못한다. 그래서 비단과 약재, 무명실, 온갖 보석, 신발과 모자, 문구류 등을 청나라로부터 사들인다. 아, 우리만 사들이는 것이 아니라 청나라도 조선에서 금이나 인삼, 종이, 소가죽, 모시 등을 사 간다. 그래서 두 나라 상인들이 이곳에 모여 물건들을 사고파는 것이다.

물론 이들 외에 청나라와 무역하는 이들이 또 있다. 우리 일행 가운데 함께 가는 역관과 비장 들이다. 역관은 통역을 맡은 사람들이고, 비장(裨將)은 높은 분들을 따라다니며 일을 돕는 군인들이다.

나라에서는 이들에게 팔포를 허용했다. 팔포가 뭐냐고? 청나라 다녀오는 데 돈이 필요하니까 우리나라 인삼 여덟 꾸러미를 가져갈 수 있도록 허용하였다. 그만큼 우리나라 인삼이 중국에서 비싼 값에 팔리는 것이다. 역관과 비장 들은 이걸 팔아 돈을 벌어 썼다. 그래서 '여덟 꾸러미'라는 뜻에서 팔포(八包)라는 이름이 붙었는데, 요즘은 인삼 대신 은을 가지고 가서 물건을 살 수 있게 해 준다. 그럼 그 은으로 청나라 물건들을 사 와 조선에서 팔아 이익을 남기는 것이다.

그런데 이렇게 버는 이익이 청나라 다녀오는 데 필요한 여비를 훨씬 뛰어넘는다. 그러니 역관이나 비장이 되어 청나라를 다녀오면 큰돈을 벌 수도 있다.

내가 들으니 역관과 비장 들은, 책문에서 청나라와 무역하는 장사치들을 무척 싫어한단다. 당연하다. 그런 장사치가 없으면 역관과 비장 들이 가져오는 청나라 물건값이 훨씬 비쌀 텐데, 이 장사치들이 많이 사다가 파니 조선 안에서 청나라 물건값이 떨어지기 때문이다.

책문 바깥에서는 조선과 청나라 장사치들이 흥정에 바쁘다. 보고만 있어도 재미가 쏠쏠하다. 아무래도 장사치가 될 걸 그랬나? 그럼 이곳저곳 다니며 구경도 하고 돈도 벌고, 맛있는 것도 먹을 수 있을 텐데. 그래도 아버지 말씀대로 공부를 해야 한다.

그때였다.

"네 이놈, 그것 하나 간수 못 하느냐? 눈은 어디에 두고 다닌단 말이냐?"

어른의 호통 소리가 사방에 퍼진다. 어른은 몸집이 장대한 데다 소리도 커서 웬만한 곰을 만나도 너끈히 이길 거라고들 하는데, 진짜 그렇다.

고개를 돌려 보니 장복이가 어쩔 줄 모른 채 서 있다.

"죄송합니다요, 어르신. 앞으로는 두 눈을 잃어버리지 않게 꼭 잡고 다니겠습니다요."

이게 무슨 말이지? 두 눈을 꼭 잡고 다닌다고? 장복이 저 녀석, 바보 아니야? 한눈팔지 말라는 말을 저렇게 이해하다니!

그러나 알고 보니 장복이 잘못도 아닌 듯하다. 어른 행장에 넣어 둔 열쇠가 없어졌는데, 왜 장복이만 혼을 내는지 모르겠다. 어른이 간수를 잘못한 것 아닌가? 물론 행장을 간수하는 것 역시 장복이 몫이지만.

사실 하인들은 혼나는 게 다반사다. 양반이 잘하면 양반 덕이요, 양반이 잘못하면 하인 탓이란다. 음! 양반, 상놈 없는 세상이 오면 훌륭한 사람이 되어서 이런 것부터 고쳐야지. 맞다. 이런 일이 중요하다. 그러니 장사보다는 공부를 하는 게 낫다! 역시 아버지께서 옳으셨다.

잠시 후 책문이 열렸다. 드디어 청나라로 들어서는 것이다.

책문이 열리자마자 난리가 아니다. 수많은 되놈이 우리를 향해 온다.

"저 사람들 왜 그러는 거예요?"

어안이 벙벙해진 내가 옆에 있는 마두 어른에게 물었다.

"여기서부터는 우리가 가지고 가는 물건을 되놈들 수레에 실고 가야 해. 저들이 다 수레꾼이거든. 자기가 실고 갈 물건 받으려고 하는 거지."

아, 여기까지 우리 말에 실고 온 방물(方物), 그러니까 청나라 황제에게 바칠 물건과 여러 물건을 청나라 수레에 옮겨 싣고 가는 것이다.

물건 싣는 것을 구경하는데, 갑자기 큰소리가 난다. 고개를 돌려보니 마두인 득룡 어른이다.

"야 이놈아! 너 작년에 이 어른 쥐털 목도리 훔쳐 갔지? 그러께에는 내 주머니 훔치려다 걸려서 오지게 얻어 터졌잖아. 그런데 또 와서 예단이 적으니 어떠니 행패를 부려? 이놈, 너희 봉성장군° 앞에 가자. 이런 놈은 본때를 보여야 해!"

> **봉성장군**
> 봉성장군은 청나라 군인 가운데 높은 인물이다.

눈을 부라린 득룡 어른이 거북이 껍데기 같은 손으로 되놈의 목덜미를 붙잡고 끌고 가자, 다른 사람이 나서며 사정을 한다.

"형님, 왜 그러세요. 용서해 주세요."

그러자 득룡 어른이 못 이기는 척 손을 놓는다.

"내 동생 얼굴을 봐서 이번에는 그냥 넘어가기로 하지. 자네 아니었으면 저놈 목은 이미 달아났어."

갑자기 무슨 일인지 궁금했다. 그런데 어른께서 판사[*] 조달동 어른께 자초지종을 설명하시는 바람에 나도 덩달아 듣고 알게 되었다.

판사
이때 판사는 21세기 직업 가운데 하나인 판사가 아니다. 조선 시대 판사는 종일품 벼슬아치를 가리킨다.

우리 조정에서는 연경까지 가는 동안, 곳곳에서 만나는 청나라 관리들에게 줄 선물을 보낸단다. 책문에 들어서면서 처음으로 그곳 관리들과 일꾼들에게 선물을 나누어 주는데, 이 사실을 아는 청나라 일꾼들이 선물이 적네, 안 좋네 하며 투정을 부린 것이다.

이때 자칫하면 청나라 일꾼들 농간에 넘어가 선물도 많이 주어야 하고, 책문에 들어서는 데도 어려움을 겪는단다. 지금도 선물 나누어 주는 일을 맡은 마두 상삼 어른을 둘러싸고 행패를 부리는 모습을 보고, 득룡 어른이 나선 것이다.

"득룡이, 빨리 나누어 주고 가세."

판사 어른이 득룡 어른을 채근한다. 그러자 다른 마두가 어른께 소곤거린다.

"득룡이 수완이 대단해요. 목도리를 잃어버리긴 뭘 잃어버려요. 그런 일 없는데도 트집을 잡아 무리를 휘어잡으니 말이에요. 득룡이 아니었으면 오늘 안에 책문에 들어서지 못했을 거예요. 되놈들이 한번 까탈을 부리면 끝이 없거든요."

갑자기 득룡 어른이 대단한 분으로 보인다. 나는 멀찌감치 서서 득룡 어른이 나누어 주는 선물을 구경했다. 와! 정말 대단하다. 우리도 구경한 적 없는 것을 저렇게 많이 나누어 주다니! 그러니 청나라에 사신 한 번 보내려면 우리나라 조정도 힘들겠다. 어떤 선물이냐고? 내 머릿속에는 다 있지만 워낙 많아서 다 알려 줄 수는 없고, 그 가운데 몇 가지만 알려 주겠다. 절대 기억에 남는 것만 알려 주는 것이 아니다.

　백지, 온갖 담뱃대, 부시쇠, 날다람쥐 가죽, 손칼, 부채, 생선 대구, 은장도, 붓, 먹. 그리고…… 너무 많아서 이만 끝!

▼ 이 두 그림도 〈항해조천도〉야.

그림이 한산해 보이는 것은, 중국 지역과 사신 일행만 그렸기 때문이야.

실제로 청나라는 조선보다 훨씬 번화해. 사람도 많고 집도 많을 뿐 아니라 가는 곳마다

시장과 가게가 많아.

오른쪽 그림을 보면 우리 사신 일행이 잘 보이지.

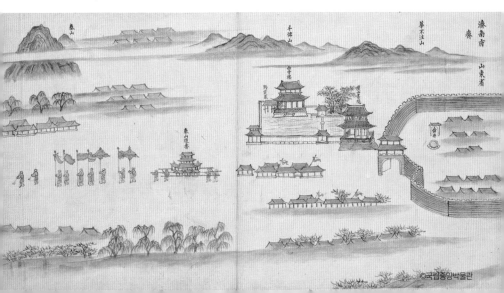

청나라의 벽돌집을
보다

청나라에 들어섰지만, 풍경은 변한 것이 없다. 사방이 드넓고 산은 높다. 우리 조선에는 이토록 넓은 땅이 있다는 말을 들어 본 적이 없는데.

"뭐라고요? 지평선까지 산이 없다고요?"

"그렇다니까. 호남 지방에 가면 그런 곳이 있어. 내가 바로 그곳에서 농사짓다 올라왔다니까."

작년인가 재작년인가 전라도 지방에서 농사짓다 온 손돌이 아버지가, 우리나라에도 그런 땅이 있다고 했을 때 아무도 믿지 않았다. 쳐다보면 사방에 산이 보이는 것이 우리 조선이다. 땅끝까지 아무것도 보이지 않고 오직 땅만 있다니! 믿을 수가 없었다.

그런데 만주 땅을 거쳐 청나라로 들어서면서 자주 그런 모습이 보였다. 정말 눈 닿는 데까지 아무것도 보이지 않는다. 오직 땅만 있을 뿐이다. 이러니 청나라 다녀온 사람들이 놀랄 만도 하다.

하나 더 놀랄 만한 것은 청나라 집들은 대부분 벽돌로 지었다는 사실이다. 우리나라에서 벽돌은 정말 귀하다. 연암 어른 따라서 갔던 궁궐이나, 양반네 큰 집에서 가끔 보았을 뿐이다. 그 대신 우리나라 집들은 황토와 돌로 짓는 게 일반적이다. 아, 양반네 집은 좋은 나무로 짓고. 그런데 청나라 집들은 대부분 벽돌집이다.

어디서 그 많은 벽돌을 만드는지 궁금했는데, 오늘 벽돌 만드는 곳을 지나쳐 왔다. 벽돌 만드는 곳은 생각보다 넓었다. 한쪽에는 벽돌 굽는 가마가 있고, 다른 쪽에는 벽돌을 빚기 위한 흙이 산처럼 쌓여 있다. 넓은 마당에서는 수십 명이 웃통을 벗어젖힌 채 진흙을 물로 이겨 벽돌 모양으로 빚어 가지런히 놓고 있었다. 그렇게 말린 후 가마에 굽는 듯하다.

일하는 모습이 하도 재미있어 넋을 놓고 구경하는데, 어른도 재미있나 보다. 내게 길을 재촉하지도 않으시고 열심히 보신다. 장복이도 구경을 하긴 하는데, 벽돌 만드는 게 재미있어서가 아니라 쉴 수 있어서 좋은 표정이다.

하기야 온종일 걷다 보면 지겨운 게 사실이다. 이런 거라도 구경하지 않으면 지루하기 짝이 없다. 어른도 마찬가지일 것이다. 말 위에 앉아 있을 뿐, 우리와 다를 게 없으니까. 어쩌면 우리보다 더 심심할지도 모른다. 우리야 말고삐를 잡고 가거나 걷기라도 하는데, 어른은 멍하니 앉아서 갈 뿐이니까.

그때였다.

정 진사 나리가 탄 말이 뒤따라와 한마디 하신다.

"뭘 그리 재미있게 구경하시오?"

진사는 그리 높지 않은 벼슬아치인 듯하다. 나야 노비라서 잘 모르지만, 여하튼 대단한 벼슬은 아닌 게 분명하다.

"자네 오는가? 내 벽돌 만드는 걸 구경하고 있었네. 참 재미있구먼."

"벽돌 만드는 게 무에 그리 재미있다는 말씀이시오? 이럇!"

정 진사는 벽돌에는 관심도 없다는 듯 말고삐를 당긴다. 연암 어른이 내게, 정 진사 옆으로 말을 끌라는 눈치를 하신다. 나는 부랴부랴 고삐를 잡고 정 진사 옆으로 다가갔다.

"그래, 자네는 중국 성을 본 소감이 어떤가?"

정 진사가 탄 말과 어른이 탄 말이 나란히 걷기 시작하자 어른이 물으셨다.

"중국 성은 전부 벽돌로 세웠더구먼요. 내 눈에는 우리나라 돌로 쌓은 성보다 못해 보입디다."

"무슨 소리인가? 벽돌로 쌓은 성이 열 배는 낫더구먼."

어른은 벽돌로 쌓은 중국 성에 반한 듯했다.

나는 속으로 생각했다. '우리 연암 어른 고집을 못 이길 텐데. 그냥 벽돌이 낫다고 하시지.'

그러나 정 진사도 호락호락한 분이 아니었다.

"아니오. 역시 성은 돌로 쌓아야 튼튼하고 무너지지 않소이다."

이쯤 되면 어른은 절대 물러나지 않는다. 내가 장담한다. 역시 어른이 엉덩이에 힘을 주더니 큰소리로 설명하기 시작하였다.

"내 아까 벽돌 굽는 가마를 보니 한 번에 만 개는 굽는 듯하더군. 그렇게 벽돌을 구워낸 다음, 일렬로 가지런히 담을 쌓으면 줄도 바르고 쌓기도 편하니 얼마나 좋은가.

반면에 돌은 영 좋지 않단 말이야. 우선 돌은 산에 가서 구해야 하니 힘이 들지. 그뿐인가, 크기가 일정하지 않으니 일일이 다듬어야 해. 게다가 두께도 제각각이니 쌓기도 힘들단 말이야. 돌과 돌 사이를 흙으로 메운다고 해도 울퉁불퉁해서 자칫하면 무너진다고. 거기다 비라도 오면 메운 흙이 흘러내릴 수도 있지. 그럼 공들여 쌓은 성이 와르르 무너질 수도 있다고. 그러니 우리도 벽돌을 만들어 사용해야 할 거야. 안 그런가, 정 진사?"

막 벽돌 공장 구경을 해서 그런지 내 생각도 어른과 다르지 않았다. 그런데 정 진사는 아무 말이 없다. 궁금한 나는 말 앞으로 나아가 정 진사가 탄 말을 바라보았다.

어이쿠! 정 진사께서는 허리가 고꾸라진 채 고삐만 겨우 잡고 말 위에서 꾸벅꾸벅 졸고 있었다.

"여봐, 정 진사! 어른이 말씀하시는데 지금 뭐 하는 건가?"

어른께서 손에 쥐고 있던 부채로 정 진사 옆구리를 푹 찌르며 소리치셨다. 그제야 정 진사께서 깨어났다.

"다 듣고 있었소그려. 벽돌이 돌만 못하고, 돌은 잠만 못하다는 말 아닌가요."

정 진사는 히죽 웃으며 대답했다.

"예끼, 이 사람아."

어른께서 몸을 정 진사 쪽으로 기울이며 크게 때리는 시늉을 하신다.

양반들도 저렇게 장난을 치는구나 싶어서 한편으로는 재미있었다. 그러나 다른 한편으로는 연암 어른께서 말씀하시는데, 잠을 자는 정 진사가 밉기도 하였다. 어쩜 말 위에서 꾸벅꾸벅 존단 말인가. 그러나 다시 생각해 보니 역시 양반이 좋은 건 확실했다. 우리는 온종일 걸어도 졸기는커녕 마음대로 쉬지도 못하니 말이다. 아버지께서 왜 공부 열심히 하라고 하셨는지 알 것 같았다.

투전판과 깃털 없는 닭을
구경하다

온종일 숙소에 머물렀다. 비가 워낙 많이 와서 길을 갈 수 없었기 때문이다.

솔직히 말하면 우리 같은 하인배들은 비가 와도 일하고 걷는다. 비를 그냥 맞느냐고? 그럴 리가 있나. 짚이나 띠 같은 풀로 촘촘하게 엮은 도롱이를 어깨에 걸치고 머리에는 삿갓을 써서 비를 피한다. 삿갓 위에 갈모를 덧쓰기도 한다. 갈모가 궁금하면 인터넷, 아차 지금은 조선 시대지. 밖에 나가서 갈모 쓴 사람을 보면 된다. 갈모는 위가 뾰족하고 아래는 둥글게 퍼진 것으로, 기름 먹인 종이로 만들어서 삿갓 위에 쓰는데, 펼치면 고깔 같고 접으면 쥘부채처럼 변한다.

하여튼 300년 후 사람들이 쓰는 우산은 사용하지 않았다. 반면

이건 '갈모'라고 해.
펼치면 고깔 모자,
접으면 부채 같지.

에 양반들은 우산을 사용했다. 이것도 300년 후 사람들이 사용하는 우산과는 다른 모양이지만.

우리 일행은 사람만 가는 게 아니라, 온갖 선물도 산더미처럼 싣고 간다. 그러니 이렇게 비가 억수같이 쏟아질 때는 길을 갈 수 없

이건 '도롱이'라고 부르는 물건인데
짚 같은 걸로 엮어 어깨에 걸쳐 두르는 거야.
21세기 비옷과 비슷한데, 도롱이가 훨씬
환경친화적이지. 짚으로 만드니까.
반대로 21세기 비옷은 비닐 같은
석유화학제품으로 만들어서 썩지도 않아.
화석연료로 만드니 이산화탄소도 발생하고
자원 낭비도 심하지. 나야 21세기에
살지 않겠지만 내 후손들은
어떻게 살아갈지 걱정이네…

투전

투전은 조선 시대 사람들이 즐기던 놀이 가운데 하나다. 여러 가지 그림이나 문자 따위와 숫자를 써넣은 종잇조각을 이용해 즐기는 것이니, 21세기 사람들이 즐기는 트럼프 비슷하달까.

다. 황제께 드리는 선물이 다 젖을 테니까.

마두와 경마잡이, 하인 들이 모여 투전판*을 벌이며 시간을 보낸다. 나는 투전을 별로 좋아하지 않는다. 사실 돈을 딸 수만 있다면 나도 하겠는데, 늘 잃기 때문에 이제는 안 한다. 심심해서 어른들 머무는 방에 가 보니 그곳에서도 투전판을 벌이고 있다.

도대체 사람들은 노름을 왜 그렇게 좋아할까?

그런데 얼핏 보니 연암 어른은 투전판에 끼지 않고 구경만 하신다. 궁금해서 나는 문틈으로 살며시 바라보았다.

"나도 한판 하겠네."

드디어 연암 어른께서도 투전판에 끼려고 하신다.

"안 됩니다. 형님처럼 실력이 떨어지는 사람이 끼면 다른 사람에게도 피해를 준단 말이에요. 그러니 낄 생각 말고 구경이나 하다가, 딴 사람이 술을 사면 그거나 마시세요, 하하!"

연암 어른의 팔촌동생인 박내원 어른이 한마디 하니, 어른은 계면쩍게 물러난다.

"그러니까 나보고, 굿이나 보고 떡이나 먹으라는 거냐? 할 수 없지."

내가 투전 못하는 것은 어른을 닮아서 그런가 보다.

마당에 나와 보니 어라, 발가벗은 닭들이 이곳저곳을 돌아다닌다. 청나라에 들어와 별걸 다 구경했지만, 발가벗은 닭은 태어나서 처음 본다. 우리나라에서도 닭 깃털을 뽑는다. 그러나 그건 잡아서 먹을 때 뽑는 것이다. 그런데 이곳 닭은 살아 있는데도 깃털이 하나도 없다.

"아니, 이 닭들은 왜 발가벗고 다녀요?"

하도 궁금해 마당에 있는 아주머니에게 물었다.

"어, 깃털을 뽑아 주면 닭들이 빨리 자라고 기생충도 안 생기지.

조선에서는 깃털을 안 뽑니?”

　“우리나라에서는 안 뽑습니다요.”

　들고 보니 그럴듯하지만 아무리 봐도 너무 징그럽다. 여러분도 상
상해 보시라. 깃털 없이 다니는 닭이라니!

청나라에서는 동물보다
농사가 우선이다

오늘도 비는 계속 내린다. 정사를 비롯해 높은 어른들이 모여 땅이 꺼져라, 한숨을 쉬시는데 별 뾰족한 수가 없는가 보다. 하기야 하늘에서 비가 내리는데 사람이 뭘 어찌하겠는가.

점심 식사를 마친 사람들은 마을 구경에 나서기도 하고 어제처럼 투전판을 벌이기도 한다. 그때였다.

"탕!"

모두 깜짝 놀랐다.

"무슨 일이야?"

나도 깜짝 놀라 부리나케 밖으로 나갔다. 연암 어른을 비롯해 많은 사람이 어리둥절한 표정으로 몰려나왔다.

그러자 숙소 앞 수수밭에서, 한 손으로는 돼지 뒷다리를 질질 끌고 다른 손에는 총을 든 사람이 화난 표정으로 나왔다. 모두 사냥꾼이라고 여겼는데, 그 사람이 큰소리로 호통을 친다.

"왜 돼지를 풀어놓아 우리 밭을 망치는 거야?"

이에 숙소 옆 가게 주인이 연신 미안하다고 고개를 숙인다.

"미안하오, 미안해. 내 돼지 간수를 잘못했소이다. 그러니 용서해 주구려."

그러자 사냥꾼이 씩씩거리며 피를 흘리는 돼지를 끌고 가 버렸다. 이 모습을 바라보던 우리 일행은 어안이 벙벙해졌다. 연암 어른

께서도 이상하다는 듯이 가게 주인에게 묻는다.

"주인장, 저 돼지가 누구네 거요?"

"우리 돼집니다."

"아니, 그런데 왜 저 사람이 당신 돼지를 마음대로 잡아간단 말입니까? 게다가 당신은 왜 그 사람에게 머리를 조아리는 거요?"

"무슨 말씀을요. 돼지 간수를 잘못한 제 탓이지요."

이 모습을 바라본 우리 모두 고개를 갸우뚱했다. 아무리 그래도 그렇지. 자기 밭에 들어갔다고 해서 남의 돼지를 마음대로 잡아가다니.

"우리 청나라에서는 동물이 남의 밭에 들어가 농사를 망치면, 동

물 주인은 큰 벌을 받습니다요. 저렇게 돼지만 잡아가면 그나마 다행입지요. 자칫하면 끌려가 곤장도 맞고 벌금도 많이 내야 합니다."

그렇다면 청나라에서는 동물보다 농사가 우선이라는 말이다. 우리나라도 농사를 중요하게 여기지만 동물이 더 중요한데. 아하, 청나라에는 양과 말, 소 같은 동물이 엄청 많으니까 그런가 보다.

여하튼 신기한 경험을 한 하루였다.

물살 센 청나라 강을 건너다

　오늘은 칠월칠석[*]이다. 1년에 단 하루, 헤어져 있던 견우와 직녀가 오작교에서 만난다는 귀한 날이다. 칠월칠석이 되니 조선에 두고 온 옥년이 생각이 더욱 간절하다. 빛나는 머릿결과 복스러운 돼지코에 두툼한 입술까지, 옥년이 얼굴이 눈에 선하다.

> **칠월칠석**
> 칠월칠석은 전설 속의 견우와 직녀가 만나는 날로, 한국·중국·일본 등에서 음력 7월 7일(일본은 양력 7월 7일)에 전통적인 행사를 치르는 명절이다.

　칠월칠석에는 견우와 직녀가 만나 기쁨의 눈물을 흘리기에 비가 내린다던데, 오늘 청나라 날씨는 쾌청하다. 조선에서는 분명 비가 내릴 것이다. 나를 그리워하는 옥년이가 눈물을 많이 흘릴 테니까.

큰비를 만나 며칠 동안 꼼짝없이 갇혀 있다가 비로소 오늘, 길을
떠났다. 얼마쯤 가니 물살이 급한 강이 나타났다. 안 그래도 청나라
강들은 물살이 센데, 비가 많이 왔으니 더욱 그렇다.

보기만 해도 아찔한데 생각보다 깊지 않으니 그냥 건너야 한다.
그래도 그렇지, 저렇게 샛노란 강물이 빠르게 흐르는데 거길 건너라
고? 게다가 어른은 그냥 말에 타신 채? 그럼 그 말은 누가 끄나?

나는 말 머리를 꽉 잡고, 장복이는 내 엉덩이를 잡고 민다. 어른
께서는 풍채에 어울리지 않게 잔뜩 겁먹은 표정으로 무릎을 움츠
린 채 두 발은 안장 위에 올려놓는다. 우리 두 사람은 온몸이 물속

에 가라앉았는데, 자기는 발조차 물에 대기 싫은 표정이라니!

여하튼 그렇게 강을 건너기 시작했다. 그런데 조금 걸어가자 물이 점점 깊다. 말의 배까지 물이 차오르자 말이 둥둥 뜨려고 한다. 말이 뜨는 순간 우리 모두 말과 함께 떠내려갈 수밖에.

큰일이다. 그 순간 말이 몸을 옆으로 비튼다. 그러자 신기하게도 말이 뜨지 않고 비스듬히 걷는다. 말이 사람보다 똑똑하다. 그러나 말과 말을 잡은 나는 걸을 수 있지만, 어른의 거대한 몸은 기우뚱하며 넘어지려고 한다.

저 양반 표정 좀 보게나. 어쩔 줄을 모르시는군. 막 물에 빠지려

하는 순간, 앞에서 건너가는 말의 꼬리를 붙잡더니 가까스로 자리를 유지하신다. 헤, 양반이라고 다 뛰어난 건 아니고만. 이럴 때는 양반이라는 것이 아무짝에도 쓸모없다.

2장

드디어
심양에 왔다!

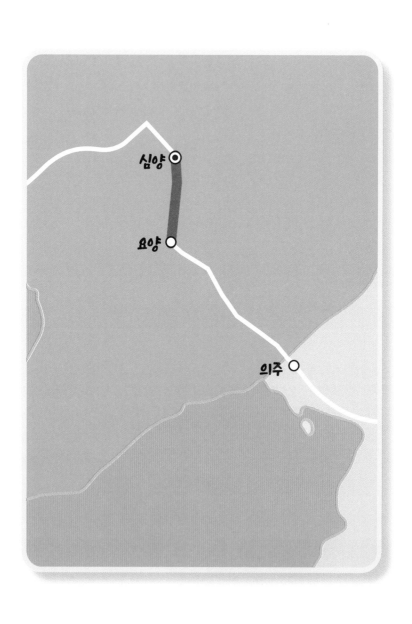

심양에
도착하다

오늘은 이런저런 구경도 많이 하면서 먼 길을 걸어 심양(瀋陽)에 도착하였다.

심양은 한양보다 큰 게 분명하다. 사람도 많고 커다란 궁궐도 있으며, 여기저기 건물도 무수히 많다. 알고 보니 이곳은 청나라가 처음 건국될 무렵 수도였다고 한다. 그러면 그렇지. 어쩐지 굉장하더라.

청나라는 1625년에 본래 요양(遼陽)이던 수도를 이곳으로 옮겨 왔고, 청 태종은 이곳을 성경(盛京), 그러니까 '성대한 수도'라고 불렀단다. 그러나 청나라는 명나라를 멸망시킨 후 수도를 다시 연경으로 옮겼다. 그래서 오늘날 청나라 수도는 연경(燕京)이다. 앞에서 말했는데, 벌써 잊어버린 녀석들이 있나?

▲ 심양에는 큰 궁이 있는데, 이곳은 청나라 초대 황제 누르하치가 만든 곳이라고 해. 그러니까 연경으로 도읍을 옮기기 전에는 이곳이 도읍이었다는 말이지.

압록강을 건넌 지 벌써 보름이 넘었다.

그런데 날이 갈수록 연암 어른의 호기심이 하늘을 찌른다. 몸이 무거워서 걷기도 힘드실 텐데 무슨 호기심이 그리도 많은지, 새로운 곳이 보이면 반드시 들르고야 만다. 이 사람 저 사람과도 이야기를 나누고 싶어 하신다. 물론 청나라 말을 하지 못하기 때문에, 말을 하는 게 아니라 필담을 나누지만. 필담(筆談)은 말이 통하지 않을 때 글로 써서 대화하는 방식이다. 청나라 사람과 조선 선비 들은 각기 조선말과 중국어를 사용하는 대신 문자는 모두 한문을 사용한다. 그래서 필담을 할 수 있다. 길에서 만난 사람과는 종이에 글을 쓸 수 없으니, 땅에 나뭇가지로 글을 쓰면서 이야기를 나누신다. 참 대단하시다.

한문이야 우리 어른이 청나라 사람들에게 결코 뒤지지 않는다. 그래서 그런지 웬만한 저잣거리 사람들은 우리 어른 글에 감탄을 금치 못한다. 하기야 청나라 장사치들 가운데 우리 어른만큼 책 읽은 사람이 얼마나 되겠는가.

오늘은 요양 근처에서 출발해 심양까지 왔는데, 출발할 때부터 어른이 행방불명되어 일행을 당황하게 만들곤 했다. 나 역시 어른께서 탄 말을 끌고 다니지만, 일행은 어른만 궁금해할 뿐 내가 사라진 건 관심도 없다. 모름지기 사람은 양반으로 태어나 벼슬을 하거나 집안이 좋아야 한다는 사실을 다시 한번 깨달았다.

점심 무렵, 머물 곳에 당도한 나는 어른 뜻에 따라 동네 곳곳을 다녔다. 어른은 배도 안 고프신 모양이다. 이집 저집 기웃거리고 구경에 여념이 없으시다. 그때 다른 일행은 식사를 마치고 출발 준비를 한 모양이다. 내가 말을 끌고 다니는데, 갑자기 장복이가 헐레벌떡하며 나타난다.

"아이고, 여기 계시네요. 어르신, 모두가 기다리십니다요. 빨리 가서 진지 드시고 출발하십시오."

그제야 어른도 상황을 파악하신다.

"어, 모두 나를 찾았구나. 빨리 가자꾸나, 창대야."

나는 부랴부랴 말고삐를 잡고 갔다.

많은 사람이 이미 식사를 끝내고 출발한 후였다. 장복이가 어른을 위해 차린 상을 내왔다. 그런데 밥과 국이 다 식었다. 한 숟갈 뜨신 어른은 도저히 못 먹겠다는 표정을 짓더니, 잠시 생각을 하고는 말씀하셨다.

"창대와 장복아, 너희들 나 찾으러 다니느라 밥도 못 먹었겠구나. 이 밥이랑 국, 너희가 먹어라."

와, 어른께서 우리를 위해 식사를 양보하시다니! 감격한 우리는 마주 앉아 다 굳어 버린 밥과 식은 국을 허겁지겁 먹었다. 빨리 먹어야 일행들 출발할 때 어른을 모시고 갈 수 있을 테니까.

그렇게 밥상을 비운 후 말을 끌고 어른을 찾았다. 그런데 그 순간을 못 참으시고 어른은 오리무중이다. 우리 둘은 이곳저곳을 기웃거렸다. 그러나 어느 곳에도 어른은 안 계셨다. 어쩔 수 없이 우리는, 거리에 늘어선 가게들 한곳 한곳을 다 둘러보아야 했다.

몇 곳이나 둘러보았을까? 한 음식점에 들어서자 다행히도 그곳에 어른이 계셨다.

그런데 어른 앞에는 김이 모락모락 나는 국수와 삶은 달걀 여러 개, 먹음직스러운 참외와 소주까지 한 상을 펼쳐 놓은 게 아닌가! 쳇, 그렇다면 우리를 위해 밥상을 주신 게 아니라, 맛이 없어서 주신 것이 분명하다. 그러고는 본인은 이 맛있는 음식을 혼자 드시다니!

빨리 나오시라고 재촉하자 값을 치르는데 무려 마흔두 닢이란다. 우리는 하루에 고작 열 닢밖에 못 쓰는데, 한 끼 식사에 마흔두 닢이라니! 역시 양반이 되어야 한다. 아버지께서 옳으셨다.

낙타를
구경하다

연암 어른께서는 어젯밤에도 밤새도록 어딘가 다녀오시곤 새벽녘에야 잠자리에 들었다.

아침 식사도 드는 둥 마는 둥 하시고는, 말을 타자마자 꾸벅꾸벅 조신다. 참 팔자 좋은 게 양반이구나. 우리는 온종일 말을 끌고 심부름해야 하니 밤에 잠을 자야 하는데……

얼마쯤 갔을까. 도저히 견딜 수 없다는 듯 어른께서 말씀하신다.

"창대야, 말고삐는 잡지 말고 나 좀 부축해라. 장복이 너도 와서 창대랑 함께 나를 잡아라. 기대어서 잠 좀 자야겠다."

나는 고삐를 놓고, 장복이는 들고 가던 짐 꾸러미를 여며 어깨에 짊어진 후 어른을 한쪽에서 기대면서 잡았다. 그러자 어른께서 이

내 곯아떨어지신다. 어른이야 꿈나라 여행을 떠났으니 편하시겠지만, 우리는 죽을 맛이다. 그 무거운 몸을 버티면서 걷다 보니 팔이 끊어질 듯 아프다. 장복이를 바라보니 어깨에 바랑까지 짊어져 나보다 더 힘들어한다. 땀이 비 오듯 떨어지는데, 하늘에서는 가랑비까지 내린다. 땀과 비가 겹쳐 온몸이 후줄근하게 젖었다.

"장복아, 괜찮니?"

얼굴빛이 벌게진 장복이가 갑자기 걱정이 되어 물었다.

"너는 이게 괜찮아 보이냐? 팔이 끊어질 듯 아프다고. 허리도 아프고."

장복이가 눈을 위로 뜨며 작은 소리로 말한다. 우리가 이런 말을 주고받는 줄도 모른 채, 어른께서는 드르렁드르렁 코까지 골며 잘도 주무신다.

하, 정말 대단하시군.

그때였다.

저 앞에서 처음 보는 동물 두 마리를 끌고 몽골인 복장을 한 사람이 다가온다.

아하, 저게 낙타라고 하는 동물이구나. 태어나서 본 동물 가운데 키가 가장 클 뿐 아니라 길이도 길다. 누리끼리한 털에 등에는 혹이 두 개나 있다. 저 가운데 앉으면 편할 듯싶기도 하다.

"장복아, 저게 낙타지?"

"어, 맞는 것 같아. 등에 혹이 난 동물은 낙타밖에 없잖아."

우리는 태어나서 처음으로 말로만 듣던 낙타를 구경하였다. 걸음은 느렸고, 머리는 마른 것이 소나 말과는 사뭇 달랐다. 우리는 낙타가 시야에서 사라질 때까지 눈길을 거둘 수 없었다. 그동안은 힘든 것도 잊을 수 있었다.

그러나 낙타가 사라지자 다시 팔도 아프고 어깨도 아프며 허리도 끊어질 것 같았다. 이럴 때는 아무리 주인어른이지만 야속하다.

그 순간이었다.

"어, 잘 잤다."

어른께서 상쾌하다는 듯 기지개를 켜신다. 이제야 우리 팔과 어깨가 풀려난다. 그러나 팔과 어깨가 나른한 게 힘을 줄 수가 없다. 장복이는 팔을 이리저리 흔들고 허리를 좌우로 돌려 본다. 나는 그

우와!
낙타다!!

제야 고삐를 잡고 걷기 시작했다.

"저희 아까 낙타가 가는 걸 보았습니다요."

"뭐? 낙타?"

"예. 분명 낙타던데요. 등에 커다란 혹이 있고 몸집도 큰데, 몽골 사람이 끌고 가더라고요."

장복이 말이 채 끝나기도 전에 어른께서 호통을 치신다.

"그런데 왜 나를 안 깨웠느냐? 내가 낙타를 얼마나 보고 싶었는데."

아니, 어른께서 잠을 잤으면서 왜 장복이 탓을 하시는 거야. 이럴 때는 내가 나서야 한다.

"어른께서 천둥소리보다 더 크게 코를

©국립중앙박물

▲ 이 그림도 〈항해조천도〉야. 그림 속 모습처럼 말 타고 가는 어른을 나와 장복이, 둘이 붙잡고 가려니 얼마나 힘들었을지 상상되지 않아? 그래도 다행히 그림에 낙타는 안 보이네. 그림에 낙타가 있으면, 우리처럼 힘든 경험을 하지 않은 친구들도 낙타를 볼 수 있을 테니 내가 얼마나 억울하겠냐고!

고시면서 주무시는데 어떻게 하겠습니까요? 저희도 말씀드렸어요. 그렇지만 아무런 대꾸도 없으시던데요."

그러자 어른께서 낭패라는 듯한 표정을 지으시며 다시 묻는다.

"정말 낙타였느냐?"

"저희도 처음 보는 거라서 꼭 그런지는 모르겠지만 여하튼 등에 혹이 있고, 말이나 소보다 훨씬 큰 동물이니 낙타가 아닐까요?"

어른께서는 제발 낙타가 아니길, 하는 표정을 지으며 힘없이 물으신다.

"그래, 어떻게 생겼는지 자세히 말해 보거라."

"발굽은 두 쪽이고, 꼬리는 소처럼 길었습니다. 뿔은 없고 얼굴은 양처럼 순해 보였어요. 등에는 혹이 두 개 있는데 눈은 멍하게 생겼던데요."

"하, 분명 낙타구나."

어른께서 아쉽다는 듯 입맛을 다신다. 그러더니 말씀하신다.

"다음부터는 기이한 물건을 보면 무슨 일이 있건 내게 알려라, 알겠느냐?"

"밥 드실 때나 똥 누실 때도 알려야 하나요?"

장복이가 눈치 없이 묻는다.

"당연하지. 무슨 일이 있어도 알려야 한다. 안 그러면 경을 칠 테니, 그리 알아."

어른께 타박은 당했지만, 참 좋은 구경을 한 날이었다.

참외 할머니를
만나다

새벽부터 일어나 걷기 시작했다. 앞에서도 쓴 적이 있는데 청나라는 정말 넓다. 가도 가도 끝이 없고, 가는 곳마다 새로운 풍경이다. 콩밭이 끝없이 이어지는가 싶으면 이번에는 옥수수밭이 한도 없이 넓다. 온갖 과일도 지천이다.

그뿐이 아니다. 수레도 많고 사람도 많다. 우리나라에서는 수레가 흔치 않은데, 이곳에서는 보이는 게 수레다. 소 한 마리가 끄는 수레부터 소 세 마리가 끄는 수레까지 보았다. 세 마리 소가 끄는 수레는 우리나라에서는 보기 힘든 커다란 수레다. 한번에 저렇게 많은 물자를 실어 나르는 걸 보면 청나라는 역시 대단하다.

우리나라에서는 수레보다 봇짐을 지고 가는 사람이 많은데, 그렇게 하다 보니 많은 물자를 옮기지 못한다. 한 사람이 질 수 있는 무게와 소가 끄는 수레에 실을 수 있는 무게는 비교도 할 수 없다. 우리나라에서도 수레로 짐을 옮길 수 있으면 좋겠다.

"어르신, 이곳에는 수레가 참 많습니다요. 그런데 왜 우리나라에서는 수레를 사용하지 않나요?"

장복이가 어른께 묻는다. 장복이도 나랑 같은 생각을 한 게 분명하다. 어린 녀석이 꽤나 똑똑한데.

"장복이가 중요한 사실을 깨달았구나. 맞아, 청나라에는 수레가 많은데, 우리 조선에는 수레가 별로 없지. 그러다 보니 문물을 운반하는 데도 어려움이 많지. 문물이 교류하지 않으면 지방마다 물건 값도 들쑥날쑥하기 마련이다. 이곳에는 대추가 남아도는 데 비해 저곳에는 대추가 부족할 테니 말이다.

그런데 수레를 사용하려면 꼭 필요한 것이 있단다. 그게 무어라고 생각하느냐?"

당연히 수레와 수레를 끌 말이나 소가 있어야지.

"수레도 있어야 하고, 말이나 소도 있어야지요."

나는 의기양양해서 대답했다. 이제 칭찬만 들으면 된다.

"그거야 당연하지. 그러나 더욱 중요한 것이 있단다. 바로 수레가 다닐 수 있는 길을 닦는 거야. 또 모든 수레의 너비가 똑같아야 한다. 그래야 어떤 수레건 길을 갈 수 있잖겠느냐. 그런데 우리 조선의 길은 좁은 곳도 있고 넓은 곳도 있으니 수레가 갈 수 있는 길도 있고, 갈 수 없는 길도 있다. 게다가 수레 너비가 각기 다르니, 어떤 수레는 갈 수 있다고 해도 또 다른 수레는 갈 수 없지. 그래서 수레를 사용하려면 수레 너비를 통일하고, 그런 수레가 다닐 수 있는 길을 닦아야 한다. 안타깝게도 우리 조선의 길은 수레가 다니기에 아직 불편하지. 이것이 조선에서 수레를 많이 사용하지 못하는 까닭이란다."

말을 마친 어른께서 한숨을 푹, 쉬신다.

아하, 그렇구나. 단순히 수레가 없어서가 아니라, 수레가 다니기 위해서는 그런 제도가 마련되어야 하는구나.

그제야 나는 수레와 도로의 관

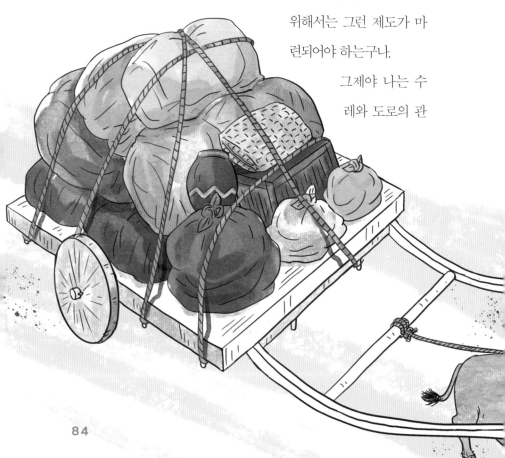

계를 깨달았다. 역시 공부를 해야 하는
구나.

   사신 일행은 대규모라서 모두가 함께 가는 경우는 드물다. 누구
는 일찍 출발하고 또 누구는 늦게 출발한다. 그뿐이 아니다. 가는 도
중에 뭔가 사서 먹다 보면 일행으로부터 떨어지게 된다. 또 구경을
좋아하는 사람들은 끼리끼리 무리를 지어 볼 만한 곳을 들러 가기
도 하고, 홀로 구경하기도 한다.

   연암 어른은 온갖 구경을 좋아하시기에, 우리는 일행으로부터 떨
어져 가는 경우가 흔하다. 오늘도 어김없이 따로 가고 있었다. 벌써
해가 저물려고 하였다. 나는 말고삐를
바싹 조이며 빠르게 걸었다.

   그때였다.

   길가 참외밭에 앉아 있던 할머니
한 분이 슬픈 표정을

지으며 우리를 향해 손을 휘젓는다. 나는 깜짝 놀라 고삐를 잡았다. 어른도 깜짝 놀란 표정으로 할머니를 쳐다보았다.

"내 말 좀 들어 보시우."

할머니가 눈물이 그렁그렁한 얼굴로 말 앞에 고개를 조아린 채 말을 하였다.

"무슨 일인가요?"

"나는 이 참외밭에서 참외를 팔아 하루하루 연명하고 있다오. 그런데 얼마 전 당신네 조선 사람 수십 명이 이곳을 지나기에 참외를 팔려고 했지요. 그랬더니 수십 명이 앉아 참외를 많이도 잡숫더구먼요. 그런 다음 일어나면서 한 손에 참외 하나씩을 더 들더라고요. 그래서 참욋값을 달라고 했더니 갑자기 소리를 지르면서 모두 내빼고 말았습니다. 이런 일이……"

할머니는 말도 채 끝내지 못하고 눈물을 쏟기 시작한다.

어른께서는 어이가 없다는 듯 말씀하셨다.

"아니, 그런 일을 당하고 가만있었던 말이오? 우두머리에게 말을 하시지요."

"당연히 그랬습지요. 그런데 그분은 말을 못 듣는 듯하시더군요. 아무 말도 안 하시고는 일행을 따라갔습니다. 그래서 내가 쫓아갔습지요. 그랬더니 한 사람이 나를 막아서고는, 먹고 있던 참외 하나를 내 낯짝에 던졌습니다. 아이고, 하늘에서 번갯불이 번쩍, 하는 바람에 그 자리에 쓰러지고 말았습니다. 아직도 얼굴에 참외씨가 남아 있으니, 세상에 이런 일이 있습니까요. 나리, 내 죽게 생겼으니 청심환● 한 알만 주고 가십시오."

> ### 청심환
>
> 우황(소 쓸개 속에 병으로 생긴 덩어리인데, 독을 푸는 작용을 해서 매우 귀한 약재로 쓴다), 인삼, 산약 따위를 비롯한 30여 가지 약재로 만든 알약이다. 그래서 우황청심환이라고도 하는데, 특히 우리 조선에서 나는 것을 최고로 친다. 청나라에서 만나는 사람마다 우리에게 청심환 달라고 해서 귀찮아 죽는 줄 알았다. 예전에 청나라 다녀온 사람들이 말해서 어른이랑 일행은 그런 사실을 알고 있었다. 그래서 많이 가져갔는데, 하도 많은 사람이 달라고 해서 나중에는 꼭 주어야 할 사람에게도 주지 못했다. 어디에 쓰냐고? 중풍으로 졸도하고 팔다리가 뻣뻣해지는 데, 간질 같은 질병에 특효약이라고 한다.

87

"내 지금은 청심환 가진 게 없소. 짐은 따로 가지고 가니 말이오. 미안하게 됐소이다."

어른이 말씀하셨다.

사실이지 청나라 사람들은 우리만 보면 청심환이 떠오르는가 보다. 할머니 외에도 수많은 사람이 우리만 보면 청심환 한 알만 달라고 한다. 청심환을 달라는 사람이 워낙 많다 보니, 어른께서도 장복이가 메고 있는 보따리에 청심환 여러 개를 가지고 다니신다. 필요할 때 쓰는 것이다. 그런데 그 사실을 잊어버리셨나?

"어르신, 저 보따리 안에 청심환 있습니다요. 꺼내드릴까요?"

나는 잊고 계신 어른께 얼른 말씀드렸다. 이런 일 하는 게 시중드는 사람이 하는 일 아닌가 말이다.

그런데 어른께서 잊고 계신 사실을 일깨워드렸는데도, 얼굴빛이 안 좋으시다. 안 좋으신 정도가 아니라 우람한 몸짓으로 나를 향해 주먹질까지 하신다.

"네 이놈, 뭐라는 거냐? 분명 청심환 주머니는 따로 보냈는데. 헛소리하지 마라. 할멈, 저 아이가 먼 길을 오느라 실성했나 보오. 지금은 청심환이 없으니 미안하오."

이상하게 여긴 나는 장복이를 바라보며 '이게 무슨 일이지?' 하는 표정을 지었다. 그러자 장복이가 나를 향해 눈을 찡긋한다.

"왜 그래, 장복아? 눈이 아프냐?"

그러자 장복이가 한숨을 쉬며 나를 바라본다. 저 어린 녀석이 왜 저러는 거지? 그때였다. 할머니가 의심스러운 눈초리를 거두지 않으면서 한마디 한다.

"그럼 참외라도 팔아 주시구려. 이 늙은이도 먹고살아야 하지 않겠소이까?"

어른은 안 그래도 더위에 목이 말랐던 참이라며 참외를 먹고 가잔다.

장복이가 가장 좋아하며 참외밭 옆에 퍼질러 앉는다. 어른께서도 잠시 말에서 내려 참외밭에 앉으셨다. 우리 세 사람은 할머니가 가져오는 참외를 깎아 맛있게 먹었다. 청나라 참외는 맛있다. 촉촉할 뿐 아니라 매우 달아서 눈 깜짝할 사이에 다섯 개를 먹었다. 어른께서는 밤에도 먹자며 네 개를 더 사라고 하셨다. 참외 네 개를 싸서 든 장복이가 얼마냐고 묻자 "80푼이오." 한다. 맛있다 했더니 비싸도 너무 비싸다.

장복이가 자기 주머니에 있는 돈을 탈탈 털어 50푼을 주었더니 할머니 입이 샐쭉해져서 안 받겠다고 한다. 할 수 없이 나까지 주머니를 털었더니 21푼이 나왔다. 그렇게 71푼을 주었다. 그래도 할머니는 불만이다. 사실 나도 불만이다. 어른께서 사라고 하셨는데, 왜 돈은 안 내시는지 모르겠다. 그렇다고 어른께 돈 달라고 할 수도 없는 노릇이다. 왜? 모든 일행에게 매일 쓸 돈을 나누어 주기 때문이다. 그러니 어른께서도 우리에게 돈이 있다는 사실을 아는 것이다. 그렇다고 해도, 함께 먹으면 어른이 돈 내는 게 당연하지 않나?

결국 무례한 우리 일행 때문에, 뒤에 따라오던 나와 장복이만 주머니를 탈탈 털렸다.

나와 장복이 표정이 부루퉁하자 눈치를 챈 어른께서 한마디 하신다.

"너무 속상해하지 마라. 내 가서 그놈들을 크게 혼내 줄 테니. 그리고 창대, 너는 제발 아무 데서나 나서지 마, 알겠느냐? 도무지 눈치코치가 없으니 원."

내가 눈치코치가 없다고? 이게 무슨 말씀이지? 어른이 더위에 실성을 하셨나? 그렇지만 어린 내가 어른께 대들 수가 없으니 참을 수밖에. 역시 빨리 양반과 상놈 구별 없는 세상이 와야 한다.

밤이 다 되어서야 일행이 머무는 숙소에 당도할 수 있었다.

저녁 식사를 마친 어른께서 하인들 식사하는 자리로 오셨다. 이제 불호령이 떨어질 것이다.

"누가 길거리에서 할머니에게 참외를 빼앗아 먹었나? 자네들이 그런 불한당 같은 짓을 하니, 청나라 사람들이 우리만 보면 슬금슬금 피하는 거야. 누군가?"

그러자 나와 함께 밥을 먹던 하인들 가운데 나이 지긋한 분이 말한다.

"무슨 말씀이세요? 우리가 할머니로부터 참외를 빼앗아 먹었다고요?"

"그랬잖은가. 그래서 우리가 참외를 팔아 주고 왔다고."

"당최 무슨 말인지 모르겠습니다요. 어른께서 뒤떨어져 홀로 오시니 그렇게 사기를 친 것이지요. 혹시 청심환 달라고 하지 않았습니까요?"

"그랬지."

"그것 보십시오. 청나라 사람들은 조선 청심환이 값나가는 것을 알아서, 무슨 야료를 부려서라도 청심환을 얻고자 하는 것입니다."

그의 말이 끝나기도 전에 다른 사람이 한마디 더한다.

"지난해에도 그렇게 청심환 빼앗긴 사람, 참외값 바가지 쓴 사람이 많았습니다요, 헤헤."

그제야 나도 우리가 할머니에게 속았다는 사실을 깨달았다.

"야, 그 노파 연기가 대단하구나. 아니, 어쩌면 그렇게 눈물을 흘리면서 거짓말을 늘어놓지? 허허."

어른께서도 어이가 없다는 표정을 지으며 쓸쓸히 돌아섰다.

청나라 저잣거리를
구경하다

요즘 사신단의 걸음이 빨라졌다. 황제 생신인 8월 13일에는 도착해야 하는데, 혹시라도 차질이 있으면 안 된다며 정사 어른께서 재촉하셨기 때문이다.

가만있어 봐! 지금 이 책을 읽는 누군가가 투덜대는 소리가 들린 것 같다.

"연경, 그러니까 베이징까지 가는 데 무슨 한 달씩이나 걸린다는 거야? 몇 시간이면 가는데." 이런 소리 같은데? 하기야 이 먼 나라에서 오랫동안 걷기만 하다 보면 정신이 혼미해질 수도 있다. 조선에서 청나라 도읍 연경까지 몇 시간 만에 갈 수는 없다. 아무리 말을 잘 타도 열흘도 더 걸린다. 우리야 어른이 탄 말을 끌고 걸어가니 더

더욱 오래 걸릴 수밖에 없다. 21세기에 사는 친구들이야 말도 없을 테니 꼬박 한 해가 걸릴지도 모른다. 아, 홍길동이면 빨리 갈 수도 있겠다. 홍길동은 구름을 타고 다닌다니까. 혜, 그렇지만 홍길동은 이야기책에 나오는 인물일 뿐이다. 그러니 누가 헛소리를 해도 내가 이해해야지. 책 많이 읽은 내가.

오늘도 새벽부터 일어나 걷기 시작했다. 가는 도중에 많은 것을 구경했는데, 특히 수천 마리 양 떼는 장관이었다. 우리나라에서는 소건 돼지건 수십 마리도 보기 힘든데, 이곳에서는 수백 마리는 아무것도 아니고 수천 마리씩 떼 지어 다니는 가축을 흔히 볼 수 있다. 저 많은 소와 양, 노새, 말을 누가 다 먹고 타는지 모를 정도다. 우리나라도 언젠가 저렇게 많은 가축을 기르는 날이 오면 좋을 텐데. 그럼 한 달에 한두 번 먹는 고깃국을 서너 번, 나아가 대여섯 번 먹을 수 있을 것이다.

머물 곳에 도착했을 때는 이미 날이 저물었다. 더위가 조금 가셔서 그런지, 어른께서 저잣거리 구경에 나서기에 나도 따라나섰다. 거리가 무척 번화하다. 온 가게가 불을 밝힌 채 장사를 하고 있었다.

어른께서 한 가게로 들어서신다. 비녀나 팔찌, 노리개 같은 여성용 장식을 파는 곳이다.

가게로 들어서자 한가운데 늘어선 사람들 모습이 눈에 들어온다.

가까이 다가가 보니 누군가 글을 쓰고 나머지 사람들은 그 모습을 바라본다.

이곳은 청나라니 당연히 한자를 쓰고 있다. 나는 한자를 많이 모르지만 그래도 천자문 정도는 읽을 줄 안다. 잘 보니 '신추경상(新秋慶賞)'이라고 쓰고 있다. 여러분은 뜻을 모를 테니 내가 설명해 주겠다. 아차! 이건 일기구나. 그럼 오직 나만 읽는다는 말인데…… 아니다, 이순신 장군처럼 나도 유명해지면? 장군께서 쓰신 《난중일기》처럼 내 일기도 《창대의 일기》라고 해서 세상 사람이 다 읽을 수도 있다. 분명 다 읽게 될 거다. 그러니 설명을 해 주어야 한다. 신추경상은 '새로운 가을을 기쁘게 맞아 감상하노라.' 이런 뜻이다. 붓으로 썼는데, 그리 잘 쓴 것 같지는 않다.

그때였다. 어른께서 앞으로 나서더니 붓을 좀 달라는 시늉을 하신다. 어안이 벙벙해진 사람들이 붓과 먹을 내주면서 종이까지 펼쳐 놓는다. 나는 속으로 생각했다. '우리 어른이 얼마나 잘난 체를 좋아하는지 너희는 모를 거다.' 사실 어른을 오랫동안 모시지만 겸손과는 거리가 먼 분이다. 기회만 있으면 자기 능력을 뽐내고 큰소리치는 것을 좋아하신다. 그렇다고 얄밉다거나 나쁜 사람은 아니다. 아이들처럼 천진난만한 구석도 있고, 그만큼 뛰어난 분이니 말이다. 우리 어른처럼 밤낮으로 공부에 몰두하는 분도 드물다. 그러니 잘난 체 좀 하면 어떤가.

어른께서는 붓을 잡자마자 똑같이 '新秋慶賞'이라고 쓰신다. 와! 내가 보아도 차원이 다르다. 모여 있던 청나라 사람들도 감탄을 금치 못한다. '글씨는 못 써도, 알아보는 눈은 있구나.'

그러면서 자기들끼리 난리가 났다. 엄청 잘 쓴다느니, 나라는 다른데 글씨는 같다느니 하며 어른이 쓰신 글을 대문에 턱, 하고 붙인다.

그제야 어른께서 자리를 털고 일어나시는데, 다른 사람이 종이를 가져오면서 더 써 달라고 부탁한다. 어른께서 못 이기는 척 자리에 앉자 차를 끓여온다, 술을 가져온다, 하며 부산을 떤다. 어른은 차는 한쪽으로 치우고 술만 쭈욱 들이키신다. 역시 술 좋아하는 분이다.

"내 술 한잔을 얻어먹었으니, 가게를 위해 글 하나 써 드리리다."

그러면서 종이를 펼치고는 '기상새설(欺霜賽雪)'이라고 단숨에 써 내려가신다. 음, 이것도 이해 못 하겠지? 설명하면 '서리와도 같고 눈보다 더 희다.'라는 뜻이다. 여러분도 한자 공부 좀 해라. 훌륭한 분은 모두 한자도 잘 아신다. 퇴계 이황 선생님, 이율곡 선생님, 정약용 선생님, 이순신 장군, 《동의보감》을 쓰신 허준 선생님, 게다가 우리 어른이신 박지원 선생님까지 모두 한자로 책을 쓰신 분들이다. 뭐라고? 이분들은 다 조선 시대에 사신 분들이니 당연한 거라고? 그럼 여러분은 조선이 아니라 다른 나라에 산다는 말이야? 이 친구들 큰일 날 사람들이군. 조선이 망하고 다른 나라가 서기를 바라다니!

여하튼 늘 깨끗한 마음과 영혼을 품으라며 기상새설이라고 멋지게 쓰셨는데, 주위 사람들 반응이 싸늘하다. 왜 그러지? 정말 멋들어지게 쓰셨는데, 반응은 아까와는 전혀 다르네. 그때였다. 가게 주인이 나서며 한마디 한다.

"우리 가게는 국숫집이 아닌데요."

"예?"

"국수 파는 집이나 그런 표현을 쓰지, 우리는 장식품을 파는 곳이거든요."

그러자 어른께서 껄껄 웃으시며 말씀하신다.

"내가 그걸 모를 리 있소? 연습으로 한번 써 본 것이지. 이제 연습을 끝냈으니 제대로 써 드리다."

그제야 모인 사람들이 고개를 끄덕이며 기대에 찬 모습을 한다.

그러나 나는 못 속인다. 어른께서는 분명 기상새설이라는 말을 어디에 쓰는지 모르셨다. 그래서 좋은 뜻으로 써 주셨는데, 이 가게에는 어울리지 않은 것이다. 그러나 잘난 체하는 분이라 틀렸다고 인정할 수 없어서 연습이었다고 둘러댄 것이다. 헤헤, 어른도 틀릴 때가 있구나.

다시 붓을 잡은 어른께서는 '부가당(副珈堂)'이라고 쓰신다. 그러자 모인 사람들이 하나같이 환하게 웃으며 손뼉을 치고 난리다.

"허허, 뭐 이 정도를 가지고 그러시오. 무슨 뜻인지는 아시지요?"

어른이 우쭐한 표정으로 한마디 하자, 갑자기 사람들이 조용하다.

"다 아시겠지만 이건 '장식품을 다는 곳'이라는 뜻이오. 그러니 여러분 가게에 딱 들어맞는 셈이지요. 허허!"

나중에 나는 어른께 여쭤보았다.

"어르신, 아까 기상새설이라고 쓰신 것은 잘못 쓰신 거지요?"

아마 어른은 잘못한 것이 아니라고 억지를 쓰실 것이다. 그럼 다시 한 방 먹여야지.

"허허, 우리 창대가 머리가 잘 돌아가는구나. 맞아, 잘못 쓴 거야. 며칠 전에 거리에서 기상새설이라는 문구를 보았거든. 뜻이 좋아서 전당포° 에서 일하는 사람들에게 그 글을 써 주었는데 모두 시큰둥하더라. 그래서 '이 무식한 것들이 내 훌륭한 글씨를 못 알아보았구나.' 싶었지. 그래서 오늘 다시 써 보았는데, 알고 보니 국숫집을 나타내는 표현이더구나. 그러니 전당포에서 일하는 사람들이 못마땅했던 게지. 오늘 내가 하나 배웠구나. 허허."

아뿔싸, 어른께서 이렇게 흔쾌히 자신의 잘못을 인정할 줄 몰랐다. 내가 한 방 먹이려고 했는데, 오히려 내가 계면쩍게 되고 말았다.

> **전당포**
> 물건을 잡고 돈을 빌려주어 이익을 취하는 곳. 21세기에는 은행 같은 금융기관이 사람들에게 돈을 빌려줄 텐데, 조선 시대에는 은행이 없어서 전당포 같은 곳에서 돈을 빌려주었다. 그때 돈 빌려 가는 사람이 자기가 가진 물건을 맡겨 놓아야 했다. 돈을 안 갚으면 그 물건이라도 가져야 하니까.

우리 어른처럼 공부를 많이 하면, 자신의 잘못을 깨끗이 인정하는구나. 나도 앞으로 내 잘못을 인정하는 사람이 되어야겠다.

3장

심양에서
산해관으로!

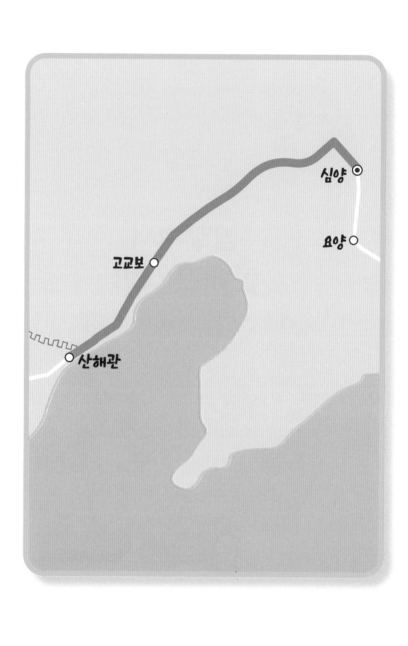

청나라 시장을
구경하다

오늘 우리 일행은 시장 구경에 나섰다.

청나라 시장을 구경하면 할수록 우리나라 시장과는 다르다는 사실을 깨닫게 된다.

우리나라 시장은 매일 열리는 시장이 거의 없다. 닷새에 한 번 열리는 곳이 가장 많다. 그런데 청나라에는 매일 열리는 시장이 마을마다 있다. 시장 규모도 한양의 시장과는 비교할 수 없을 만큼 크고 사람과 물건으로 북적거린다.

오늘 간 시장에서는 물건 파는 사람들을 구경했다.

우리나라에서는 상인들 역시 물건을 펼쳐 놓고 기다리다 찾는 사람에게 팔 뿐이다. 그런데 이곳 상인들은 온종일 소리를 지르기도 하고 북을 치며 사람들의 눈길을 끈다. 쇳조각을 두드리는 사람, 징이나 딱딱이를 치며 다니는 행상까지 돌아다니니 시장이 시끌벅적하다.

저렇게 하면 아무래도 물건을 더 팔 것 같다. 물건을 보는 순간 흥미가 생겨 사게 될 테니 말이다. 게다가 파는 물건의 종류에 따라 내는 소리도 제각각이다.

북을 치는 사람은 옷감을 팔고, 머리를 깎아 주는 사람은 쇠로 된 조각을 치며 다닌다. 따라서 소리만 듣고도 무슨 물건을 파는지 알 수 있다.

조선에 돌아가서 장사를 한다면 나도 이렇게 해야지. 그러나 나는 공부를 해야 하는구나. 그저 구경이나 해야겠다.

고교보에
도착하다

온종일 걸은 다음 머물 곳을 찾다 보니, 하루도 피곤하지 않은 날이 없다. 그러나 마을마다 특색이 있고 구경거리가 있어서 새롭기도 하다.

오늘도 온종일 걸은 후 고교보라는 마을에 닿았다. 그런데 이 마을 분위기가 심상치 않다. 도무지 사람도 보이지 않고, 가끔 보이는 사람들도 우리 일행을 보는 눈이 매섭다. 감히 말 한마디 붙이기가 두렵다. 가게들도 물건을 팔려고 나서기보다는 문을 닫아 버린다. 왜 그러는 거지? 궁금하지만 누구에게 물어볼 수도 없다.

겨우 숙소에서 저녁밥을 먹은 후, 청나라에 여러 번 다녀온 아저씨에게 물었다.

▲ 이건 '청명상하도(淸明上河圖)'라는 그림이야.

〈청명상하도〉는 '24절기 가운데 하나인 청명(양력 4월 5일경)에 중국 거리와 강을 그린 것'인데, 송나라(960~1127) 때 활동한 장택단이라는 사람이 처음 그렸어. 장택단은 5미터가 넘는 그림에 그 시대 중국 사회를 모두 그렸지. 정말 대단한 그림이야.

▲ 그 후에 많은 화가가 같은 제목의 그림을 계속 그렸지. 그만큼 이 그림이 중국인들에게 큰 감명을 주고 영향을 끼친 거야.

이 책에 실린 〈청명상하도〉는 청나라 때 궁정화가 다섯 사람이 함께 그린 작품이야. 길이가 11미터 52센티미터에 달하는 거대한 작품이지.

그림을 보면 번화한 중국 거리 모습이 보이지? 내가 경험한 청나라 시장 모습을 잘 드러내는 듯해서 여러분한테 보여 주는 거야.

"이 마을 사람들은 왜 이렇게 반응이 싸늘해요? 얼굴 보기도 겁날 정도예요."

그러자 다른 사람들도 고개를 끄덕인다. 나만 느낀 게 아니었다.

"어, 당연히 이상하겠지. 그러나 알고 보면 너희도 이해할 거다."

아저씨는 뭔가 재미있는 이야기를 해 줄 듯이 경마잡이와 하인 들을 모으더니 입을 열었다.

"영조* 임금이 돌아가셨을 때였으니까 지금부터 4년 전이구나. 우리 임금님이 돌아가셨다는 사실을 청나라 조정에 알린 사신 일행이, 돌아갈 때 이곳을 지나갔지. 그런데 사신 일행이 가지고 있던 은 천 냥을 잃어버린 거야. 모두 난리가 났지. 나랏돈인데 어디에 썼는지 보고도 할 수 없으니 말이야. 결국 사신 일행은 이 사실을 청나라 지방 관아에 알렸어. 사실을 보고받은 지방 관아도 비상이 걸렸지. 조선 사신에게 큰일이 난 거잖아. 관아에서는 이 사실을 조정에 알렸지. 그러자 황제의 명령이 떨어졌어. 당장 사실을 파악해서 보고하라고. 또 돈은 지방 관아에서 보상하라고 명령했고, 지방 관아 벼슬아치는 파직시켰지. 그뿐이 아니야. 이 마을 사람들을 모두 잡아다가 문초했어. 그 과정에서 여러 사람

> **영조**
>
> 조선 제21대 임금이시다. 이 임금님께서는 훌륭한 일을 많이 하셨는데, 선비들이 무리를 지어 다투는 것을 방지하기 위해 탕평책을 썼고, 신문고도 부활시키셨다. 그런데 그런 업적은 기억 못 하는 사람이 많다. 그 대신 아들인 사도세자를 뒤주에 가두어 죽게 만든 것은 모두 기억한다.

이 고문에 못 이겨 죽고 말았지."

"우아, 여러 사람이 죽었다고요?"

깜짝 놀란 내가 물었다.

"그렇다니까. 죽은 사람들 빼고도 수많은 장사꾼이 고초를 겪었으니, 마을이 완전히 쑥대밭이 된 거야. 그때부터 이곳 사람들은 조선 사신이라면 이를 갈아. 아예 얼굴도 보려고 하지 않지."

돈도 잃고 목숨도 잃었으니 그럴 만도 했다. 나라도 그랬을 것이다. 사실 우리 일행 가운데는 행실이 좋지 않은 사람도 많다. 그러니 나랏돈을 훔친 것이 반드시 청나라 사람이라고 단정할 수도 없다. 일행들 사이에서 매일 이런저런 분실 사고도 발생하고, 서로 다투기도 하니 말이다.

나도 경마잡이지만 다른 경마잡이들 가운데는 형편없는 녀석도 많다. 나보다 어린 녀석도 있는데, 경마잡이들 모두가 나처럼, 자기가 원래부터 모시는 어른을 따라 나온 게 아니다. 사신 일행의 경마잡이로 고용되어 잠시 연경에 다녀오는 것이다. 돈 받고 다니는 셈인데, 그러다 보니 이때 한몫 챙기려고만 한다. 이들이 가게에서 장사치 속이는 모습을 나도 여러 번 보았다. 그래도 지금까지는 그냥 봐주었다. 우리 일행이니 고자질하기도 어려우니까 말이다. 그러나 아저씨 말을 듣고는 그래서는 안 되겠다고 다짐했다. 청나라 사람들도 한두 번은 속겠지만 여러 번 계속되면 결국 알게 될 것이다. 그럼 그

피해는 조선 사람 모두에게 돌아갈 것이 당연하다.

나라 망신도 이런 망신이 없다.

관제묘에
들르다

오늘 길을 가다가 관제묘를 들렀다.

관제묘는 《삼국지》에 나오는 관우의 혼령을 모신 사당을 가리키는데, 중국은 가는 곳마다 관제묘가 있다. 관우는 중국 사람이지만 우리나라 사람들도 신봉한다. 그래서 한양에도 관우를 기리는 사당인 동묘, 서묘, 남묘, 북묘가 있을지 모른다. 이게 무슨 말이냐고?

사실 내가 살아 있는 현재는 동묘와 남묘만 있다. 한양 동쪽에 동묘가 있고, 남쪽에 남묘가 있다는 말이다. 중국인들은 관우 장군을 하도 신봉해서 가는 곳마다 사당을 짓는데, 임진왜란 때 우리나라에 참전한 명나라 군사들도 그랬다. 그래서 자기들 돈으로 동묘와 남묘를 지은 것이다. 우리 조정에서 돈도 내고 노동력도 제공했다.

▲ 여기는 '동관왕묘'라고 해. 나는 살아 있지 않겠지만, 2080년에도 이런 동묘가 서울 동쪽에 분명 있을 거야. 궁금하면 한번 가 봐. 서울 지하철 동묘역에서 내리면 갈 수 있어.

그런데 1883년에는 조선 조정에서 한양 북쪽에 북묘를 짓고, 1902년에는 서묘도 지었단다. 그때 나는 죽었으니까 모르지. 어느 날인가 꿈을 꾸었는데, 미래에 조선에서 짓더라니까.

300년 후에도 이 가운데 한두 곳쯤은 남아 있을 것이다. 내가 그때도 살아 있다면 서울 동쪽에 있는 동묘(東廟), 정식 명칭은 '서울 동관왕묘'라고 부르는 사당을 찾아갈 텐데. 그리고 그곳이 보물 제142호라는 사실도 확인할 수 있을 텐데. 아무래도 그때까지 살기는 힘들겠지?

우리 일행은 오늘 관제묘에 들어가 공물을 바치고 각기 자기 소원을 빌었다.

나도 참외 하나를 올린 후 여러 번 절을 하며 소원을 빌었다. 무슨 소원을 빌었느냐고? 그런 건 묻는 게 아니다. 다만 옥년이와 헤어지게 해 달라고 빌지는 않았다.

절을 다 한 다음 생각했다. 저 참외를 어떻게 하지? 저곳에 그냥 두어야 하나? 그냥 두면 더위를 못 이겨 썩을 것이다. 참외가 썩으면 벌레가 나올 것이 분명하고, 벌레는 앞에 걸린 관우 초상으로 기어오를 것이다. 그럼 초상을 이리저리 돌아다니다가 말라 죽을 것이다. 당연히 관우 초상은 여기저기 벌레 시체로 지저분해질 것이고. 그 모습을 본 청나라 사람들은 말하겠지. '조선놈들 때문에 관우 초상이 지저분해졌어.'

그럴 수는 없었다. 나는 부랴부랴 참외를 다시 가져와 먹어 치웠다. 관제묘를 깨끗이 보존하고 조선 사람의 체면을 지키기 위해서 어쩔 수 없다. 그것도 모르면서 어른께서는 참외 먹는 내게 다가오시더니 한마디 하신다.

"이 녀석아, 고작 참외 하나 올리고는 무슨 절을 그리도 많이 하느냐? 너 같으면 참외 하나 받고서 그 많은 소원을 들어주겠느냐? 게다가 끝나고는 참외를 가져다가 먹어 버리고. 아무리 법도를 모른다고 해도 그렇지, 쯧쯧."

아니, 그럼 양반들은 법도를 알아서, 제사 지낸 다음에 음식을
버리나? 자기들도 다 먹으면서 왜 나한테만 그러는 거지?

또 한곳을 지나는데, 이 마을에서는 우리 일행을 반가이 맞는다.
'왜 이리 우리를 반가워하는 거지?'

의문을 품었는데, 이내 그 이유를 알 수 있었다. 이 마을은 곳곳
에서 털모자를 만들고 있다. 지금까지 오면서 많이 보았던 양털을
이용해 만드는 것이다. 그런데 이 마을에서 만드는 털모자 대부분
을 조선 상인들이 사 간다고 한다.

아하, 우리나라에서는 양을 키우지 않는데도 털모자가 많은 것
이 이 때문이구나. 조선 상인들이 이곳에서 털모자를 사다가 우리

나라에서 파는 거다.

　가게마다 털모자를 수북이 쌓아 놓고 판다. 지금은 여름이 끝나
갈 무렵인데 왜 이리 털모자가 많은 거지? 옆에 있던 마두 어른이
내 마음속을 열어본 듯이 말씀하신다.

　"가을에 바람이 쌀쌀해지면 털모자를 써야 하니까 지금부터 조
선 상인들이 이곳을 찾지. 이곳에서 털모자를 사서 조선으로 들어
가면 벌써 가을이잖아. 앞으로 이곳을 찾는 조선 상인들이 훨씬 늘
어날 거야. 겨울에 우리가 쓰는 털모자는 모조리 청나라 것이지. 그
러니 얼마나 많은 은전이 청나라로 가는지 모른다고. 우리도 털모
자를 만들 수 있다면 은도 빼앗기지 않고 좋을 텐데."

　그러니까 찬바람이 불기 시작하면 청나라 털모자를 사 가서 비

싸게 팔아 이익을 남기는 거구나. 돈 버는 게 이렇게 쉬운 줄 알았으면 나도 장사치가 될걸. 아니다, 나는 공부를 해야 한다. 아냐, 집에 돌아가면 양을 키워야겠다. 그럼 털모자를 만들어 돈도 벌고, 우리나라 사람들 돈을 청나라에 갖다주지 않아도 되니 말이다. 그런데 왜 우리나라에서는 양을 키우지 않는 걸까? 갑자기 그게 궁금하다. 양고기를 잘 먹지 않아서 그러나? 이곳에서 양고기 먹어 보니 맛이 좋던데.

재주 부리는 여자아이들을 만나다

오늘은 24절기 가운데 처서다. 처서가 뭔지 모르는 사람을 위해서 이것 또한 설명해 주어야 하겠지. 아, 똑똑한 사람은 어딜 가나 피곤하다. 모르는 이들을 가르쳐야 하니!

처서(處暑)는 한자로 '머물 처, 더위 서'다. 그러니까 한창 위세를 부리던 더위가 물러나 자기 자리로 돌아가는 날이다. 처서 때부터 더위는 가시고 가을바람이 불기 시작하는 셈이다.

오늘은 정말 놀라운 구경거리를 만났다. 거리에서 내 또래 여자 아이들이 말을 타고 재주 부리는 모습을 본 것이다. 얼굴도 예쁜 데다가 화려한 옷을 입고 곱게 화장한 여자아이 세 명이 말을 타고 재주를 부리는데, 대단했다.

　말을 타고 왼쪽 오른쪽으로 나는 것은 물론 말의 왼쪽에서 오른쪽으로 넘나들기도 하고, 말 위에서 거꾸로 물구나무를 서기도 한다. 한 아이는 말 위에 누워 쥐 죽은 듯 움직이지 않고 말을 타기도 한다.

　나는 말고삐는 잡을 줄 알지만 저런 재주는 꿈도 못 꾼다. 여자 아이들을 보니 옥년이 생각이 나기는커녕 넋을 잃을 정도였다. 아, 세상에 옥년이보다 예쁜 아이가 많구나. 그러나 저 아이들과 혼인할 수는 없는 노릇이다. 우선 다른 나라에 사는 사람끼리 혼인한다는 말을 들어 본 적이 없으니 말이다. 게다가 저 아이들 직업은 거지라고 한다. 저렇게 재주를 부리면 구경꾼들이 한

닢 두 닢 건네주는데, 그걸로 먹고 산다고 한다.

나는 엄연히 경마잡이라는 직업이 있는데, 저 아이들은 직업이 없으니 나와 혼인할 수는 없다. 그러니 역시 내게는 옥년이밖에 없다. 갑자기 정신이 돌아와 옥년이 얼굴이 떠올랐다.

다음부터는 아무리 예쁜 여자를 보더라도 옥년이 생각만 해야지.

와——
이쁘다!

4장

산해관을 지나
연경으로!

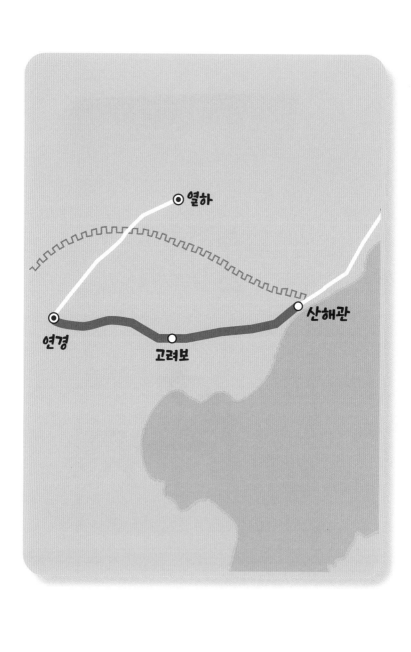

산해관을
통과하다

산해관이라는 곳이 있는데, 내가 유명해져서 이 일기를 보는 사람이 늘어나면 그곳이 어디인지 궁금할 것이다. 그래서 일찌감치 알려 주겠다.

산해관은 한자로 山海關(산 산, 바다 해, 관문 관)이다. 그러니까 산과 바다가 맞닿은 관문이라는 뜻이다. 지도를 보면 조선에서 청나라 연경으로 가는 길목에 있는데, 이곳은 예로부터 중국과 오랑캐를 구분하는 관문이었다. 그러니까 중국인이 보기에 산해관 밖은 오랑캐들이 사는 곳, 그 안쪽은 중국인들이 사는 곳인 셈이다. 그래서 산해관을 들어서는 순간 본격적으로 중국에 발을 들여놓은 것으로 여겼다. 역사적으로는 산해관을 기준으로 만리장성을 쌓기도 하였다. 당연한 거 아닌가? 바깥에 사는 오랑캐로부터 중국을 지키려고 쌓은 성이 만리장성이니까.

어제 우리 일행은 산해관을 통과했다. 진짜 중국에 들어온 셈이다. 산해관 안쪽은, 바깥에 비해 훨씬 번화하다. 물자는 풍부하고 사람은 많다. 그러니 구경거리도 늘어날 수밖에.

오늘은 시장 구경에 나섰는데, 정말 볼 만했다. 물자가 산더미처럼 쌓인 것은 두말할 나위도 없거니와 온갖 구경거리가 있다.

작은 그릇에 다섯 마리 뱀을 넣어 두고 보여 주는 뱀 장수부터 다람쥐, 토끼, 곰을 이용해 재주를 부리는 거지까지 보았다. 중국은

거지도 대단하다. 우리 조선에서는 임금님도 쉽게 구경하기 힘든 곰을 거지가 데리고 다니다니! 게다가 그 곰은 덩치는 큰데 칼을 가지고 춤도 추고 고개 숙여 절도 한다. 대단하다.

시장 구경을 끝내고 다시 길을 가는데 갑자기 누가 머리 위에 물을 붓는다. 깜짝 놀라 하늘을 쳐다보니 컴컴한 구름이 밀려온다. 나뿐 아니라 모두 하늘을 쳐다보고는 발길을 재촉하였다. 그러나 돌멩이만큼 큰 빗방울이 우리보다 훨씬 빨리 떨어지기 시작한다. 수많은 사람과 말이 비를 피하려고 허둥대지만, 그 누구도 비를 피할 수 없다.

▼ 산해관은 바다와 산에 걸쳐 두루 설치했어. 그 어느 곳으로도 북방 오랑캐가 들어오지 못하게 만든 거지. 왼쪽은 바다 끝에 설치한 곳이고, 오른쪽은 허베이성에 있는 관문 가운데 하나인 영은문 모습이야. 나는 직접 보았는데, 300년 후를 사는 사람들은 보기가 어렵겠지? 그때는 말이 없을 테니까. 이 이야기 앞에서 했는데, 아직도 모르는 친구들이 있으려나?

▲ 이 그림도 〈청명상하도〉에 나오는 장면이야.
연경에 들어서면 이 그림에 보이는 것보다 사람이 훨씬
많더라. 수레도 얼마나 많이 다니는지, 자칫하면 교통
사고 날 수 있어. 형태도 정말 다양해.

▲ 그림에 나오듯이 말 여러 마리가 끄는 수레부터 한 마리가 끄는 수레까지 조선에서는 한 번도 못 본 광경이야. 게다가 길도 얼마나 넓은지 그렇게 많은 수레와 사람이 다녀도 한눈만 팔지 않으면 부딪힐 염려가 없어.

▲ 내가 일기에 썼듯이 청나라에는 매일 열리는 시장이 많았어. 그래서 그런지 어디에 가든 장사하는 사람들이 돌아다니더라고. 그럼에도 물건 가지고 다니는 사람이 많이 등장하지? 이런 것도 조선에서는 볼 수 없는 풍경이야.

▼ 또 운하도 무척 넓어. 나는 처음에 강인 줄 알았는데, 연암 어른께서 운하라고 알려 주셨어. 이런 물길을 사람이 만들었다니 정말 놀랍지. 운하 위로는 수많은 배가 물자를 싣고 오가고 있고.

▼ 다리도 정말 대단하지. 조선에는 이렇게 높고 큰 다리가 없는데. 나도 이런 다리를 건너 봤는데, 정말 신기하더라. 기념사진이라도 찍고 싶었는데. 아차, 지금은 사진기가 없구나. 그러니 내가 이런 다리를 건넜다는 사실을 믿을 친구가 없겠네. 안타깝다.

그러나 더욱 두려운 것은 비가 아니었다. 눈앞에서 번갯불이 타 닥, 치더니 우레와 같은 소리가 고막을 때린다.

"으악! 사람 살려!"

여기저기서 사람들의 비명이 시끄럽다. 나? 나는 절대 소리치지 않았다. 이따위 번개와 천둥에 놀랄 내가 아니다. 그 순간 눈앞에서 뭔가가 번쩍, 한다.

"우와!"

눈을 떠 보니 모두 저만큼 달려가고 있었다. 나? 내가 왜 여기 앉아 있는 거지?

그렇게 온몸이 젖을 때까지 비를 맞으며 뛰고 또 뛰었다. 어른을 바라보니 말 위에서 몸을 웅크린 채 눈도 못 뜨고 계시다. 몸집만 크지 겁은 무척 많군.

얼마나 지났을까. 비가 점차 그쳤다. 그제야 사람들은 서로 바라보며 덜덜 떨었다. 머리부터 발끝까지 다 젖었으니 추울 수밖에. 추위 앞에서는 양반이나 상놈이나 다 똑같다는 사실을 다시 한번 깨달았다.

"청나라 빗방울은 조선 빗방울과는 비교도 되지 않는구먼."

누군가 이런 말을 한다. 그럴 수도 있을 듯하다.

고려보를
지나치다

오늘 우리 일행은 기억에 남을 마을을 지나왔다.

마을 이름이 고려보다. 머리가 좋은 나는 고려보라는 이름을 듣는 순간 알았다. 이곳이 우리나라와 관련이 있다는 사실을.

고려는 조선 이전에 한반도에 있던 나라 아닌가. 그러니 우리 민족과 관련이 있는 것은 당연하다.

마을 입구에서부터 초가집이 늘어선 것을 보니 고향에 온 느낌이다. 처음 청나라 땅에 들어선 후 가장 이상했던 것이 초가집이 없었던 것이었는데, 오랜만에 초가집을 보았다.

그런데 왜 이곳에 우리 민족이 터를 잡고 사는 걸까? 궁금한 나는 연암 어른께 여쭤보았다.

"어르신, 왜 이곳에 초가집이 많은가요? 청나라에는 초가집이 없던데."

그러자 잘난 체하기 좋아하는 어른께서 일장 연설을 하신다.

"에헴, 네가 그런 걸 알 리 없지. 지금부터 이야기해 줄 테니 잘 들어라.

지금부터 한 150년 전, 그러니까 병자년(1636)에 청나라가 우리나라를 침략했다. 그 사건을 병자호란이라고 하는데, 너야 모르겠지. 여하튼 병자호란 때 청 태종이 2만 군사를 이끌고 조선을 침략했다. 조선 조정에서는 어쩔 수 없이 남한산성으로 피신했지. 그런데 청나라 병사들은 만주 벌판에서 싸움으로 단련된 군사들이라, 우리 병사들이 대적하기 어려웠어. 결국 48일 만에 인조 임금께서 삼전도라는 곳에서 청 태종에게 세 번 절하고 아홉 번 머리를 조아리며 항복하는 치욕을 겪어야 했지. 세 번 절하고 아홉 번 머리를 조아리는 것을 삼배구고두(三拜九叩頭)라고 하는데, 이를 두고 '삼전도의 굴욕'이라고 한단다."

여기까지 말을 마친 어른께서 잠깐 울먹이셨다. 하기야 한 나라의 임금이 다른 나라 임금에게 세 번이나 절하고 아홉 번 머리를 조아렸으니 비참하기는 하다.

"그 후 청나라에서는 조선에, 청나라를 임금으로 모시고 조선은 신하로 행동할 것, 청나라에 물자와 군사를 지원할 것, 청나라에 저

항하지 말 것, 명나라와는 단교할 것 등을 요구했고, 조선 조정에서는 이 모든 요구를 들어줄 수밖에 없었어. 그 후 조선의 많은 사람이 청나라로 끌려왔지. 그때 끌려온 사람들이 모여 살기 시작한 마을이 바로 이곳이란다. 알았냐?"

그랬구나. 그렇다면 이곳에 사는 사람들은 청나라 공격의 희생양인 셈이다. 그런데 왜 이곳 사람들이 우리 사신 일행을 보고 반가워하지 않는 거지? 고향에서 온 사람들이니 당연히 반가울 텐데.

이건 누구에게 물어보아야 하지? 고민하고 있는데, 잘난 체하는 어른께서 다시 말을 잇는다.

"그런데 왜 이 마을 사람들이 우리를 보고 슬슬 피하는지 아느냐?"

"모릅니다요. 저도 그게 궁금합니다."

"당연히 모르겠지. 에헴. 내 그것도 알려 주마."

어른께서도 누구에겐가 듣고 알았을 텐데 잘난 체는……

"처음에는 조선에서 사신들이 오면, 이 마을 사람들이 다 나와서 환영을 하고 좋은 음식과 술도 값싸게 주곤 했지. 사신들을 만나면 눈물을 흘리면서 고향 소식도 묻고 말이야. 그런데 시간이 흐르면서, 사신 일행이 안하무인으로 행동하기 시작한 거야. 우리를 반겨 주니까 음식을 먹고 값도 치르지 않고, 옷도 내놓아라, 밥도 내놓아라, 하며 행패를 부린 거지. 그때부터 이곳 사람들도 사신 일행을 보면 반가워하기는커녕 음식과 술을 감추어 두기에 이르렀어. 그러면 사신 일행은 더 골이 나서 싸움을 걸고, 그러면서 서로 관계가 나빠졌단다. 참, 무식한 놈들 같으니라고."

같은 고향 사람들인데, 이처럼 등을 지게 된 것이 마음이 아팠다. 그런데 어른은 누굴 보고 무식한 놈들이라고 욕을 하시는 걸까? 내가 보기에는 이곳 사람들은 죄가 없는데. 그럼 사신 일행이 무식한 놈들인 셈이구나.

연경에
도착하다

드디어 연경에 도착했다. 이곳이 바로 청나라 도읍이다.

처음에 나는 청나라 도읍과 우리 조선 도읍이 비슷하다고 여겼다. 그러나 청나라에 들어와 여러 마을을 거치면서 생각이 바뀌었다. 도읍이 아닌 고을들도 규모가 한양보다 훨씬 컸기 때문이다.

그런데 오늘 연경에 발을 들여놓으면서 지금까지 거쳐온 고을들은 새 발의 피라는 사실을 깨달았다. 연경의 규모는 한마디로 엄청났다.

연경으로 들어오는 입구에는 강인지 바다인지 냇물인지 모를 물길이 있었다. 강이라면 물길 양편에 기슭도 있고 나무도 있고, 또 구부러지기도 할 것이다. 그런데 이 물길은 양편에 아무것도 없이 똑

바르다. 게다가 나무도 없어서 꼭 길처럼 쭉 뻗은 모양이었다.

"참 이상한 물길이에요. 물길이 이처럼 똑바로 뻗다니. 우리나라에는 이런 강이나 물길이 없는데."

그러자 이번에도 잘난 체하는 어른이 말씀하신다.

"허허, 이 녀석. 보기는 제대로 보았구나. 으흠, 이건 강이 아니고 운하라는 것이다. 알겠느냐?"

"운하요?"

난생처음 들어보는 말에 나도 모르게 물었다.

"그래, 운하. 운하란 무엇인가 하니, 배가 다닐 수 있게 길을 낸후 그곳으로 물을 통하게 한 것이다. 그러니까 물이 흐르는 길인 셈이지."

"그럼, 사람이 만든 강이나 마찬가지인가요?"

"어, 너 참 똑똑하구나. 맞다, 사람이 만든 강이지."

연암 어른이 똑똑하다고 하셨으니, 나는 연암 어른보다 더 뛰어난 인물이 틀림없다. 나중에 고향에 가서 옥년이에게 이 말을 꼭 전해야지.

그나저나 사람이 강을 만들다니! 정말 대단하다. 그런데 왜 이토록 힘을 들여 운하를 만든 것일까? 그냥 길을 내면 될 텐데. 연암 어른은 아실까? 더 똑똑한 내가 모르니 어른도 모르실 텐데…… 그렇다면 이번에 어른의 코를 납작하게 만들어야지.

"그런데 어르신, 왜 길을 내지 않고 운하를 팠을까요? 혹시 아세요?"

그러자 기다렸다는 듯 어른께서 너털웃음을 지으며 말씀하셨다.

"녀석, 역시 똑똑하구나. 그게 궁금하지 않으면 이 연암의 경마를 잡을 수 없지."

앗, 어른께서 그 이유를 아시는 게 분명하다.

"그건 말이다, 길을 통해서 물자를 운반하는 것보다, 물을 통해서 물자를 운반하는 것이 훨씬 경제적이기 때문이야. 게다가 운하는 일직선으로 만들 수 있으니 거리도 짧지. 그러니 배를 통해서 물자를 운반하는 것은 매우 효과적이다. 수많은 배가 전국 방방곡곡에서 온갖 물자를 싣고 온 것이 보이지 않느냐."

아, 그렇구나. 역시 공부를 많이 하신 분은 다르구나. 그러니 내가 아무리 똑똑해도 공부하지 않으면 안 되는구나. 나는 고개를 끄덕일 수밖에 없었다.

강, 아니 운하에는 셀 수도 없이 많은 배가 오간다. 곡식을 실은 배, 채소를 실은 배, 벽돌을 실은 배, 나무를 실은 배 등 온갖 배로 도무지 운하를 다닐 수 없을 정도다. 그런데도 그 틈을 비집고 배들이 잘도 다닌다. 내가 말을 잘 모는 것처럼 저 사람들은 배를 잘 모는 게 분명하다.

연경 거리에 들어서자 이번에는 제대로 걸어갈 수 없을 만큼 사람과 수레, 짐, 집이 가득하다. 와! 이 많은 사람이 살다니! 연경은 상상하기도 힘들 만큼 큰 곳이 분명하다.

수레만 해도 온갖 모양의 수레가 다 있다. 조선에서는 구경도 못해 본 것들이다. 내가 이런 수레를 보았다면 고향 사람들은 "말도 안 돼. 그런 수레가 어디 있냐?" 할 것 같다. 그러나 분명 보았기 때문에 기록해야 한다. 아무도 안 믿어도 옥년이만은 믿어 줄 테니까.

외바퀴 수레는 한 사람이 끌고 다닌다.

소나 말이 끄는 수레는 흔하디흔하다. 그런데 소 한 마리가 끄는 것부터 세 마리가 끄는 것까지 종류가 다양하다.

사람이 탄 작은 방 같은 것을 실은 수레도 있다. 우리나라에서 저런 수레는 엄청 높은 사람들만 탈 텐데, 이곳에서는 아무나 타고 다닌다.

물을 싣고 다니며 불을 끄는 수레도 있다. 우아, 정말 놀랍다. 큰 물통에 꼭 총처럼 생긴 것이 달려 있는데, 불이 나면 저 총에서 물이 나온단다.

밤에 잠을 자려고 누웠지만 잠도 안 온다. 연경 구경할 것을 생각하니 설레기 때문이다. 아, 옥년이랑 함께 왔다면 정말 좋았을 텐데.

사신 일행의 선물을
구경하다

드디어 오늘부터 사신 일행을 청나라 조정에서 맞이하기 시작했다. 조선 사신으로 제대로 평가받기 시작한 것이다.

그런데 내 기분이 조금 상하는 일이 벌어졌다. 나중에 내 일기를 보는 사람들도 나를 충분히 이해할 것이다. 무슨 일이냐고?

아침에 청나라 관리들이 우르르 우리 숙소로 몰려들었다. 사신 일행을 예우하기 위해서다. 그들은 빈손이 아니라 엄청난 물품까지 가지고 왔다.

마당이 왁자지껄해서 나도 나가서 구경을 했다. 온갖 물품이 마당에 가득하다. 청나라 관리들이 한 가지 한 가지 설명하면서 우리 일행에게 건네준다.

다음에 그 내용을 써 보겠다.

사신 일행에서 가장 높은 분인 정사께는 다음 물품을 매일 지급한단다. 보고 놀라지 마시라.

거위 한 마리, 닭 세 마리, 돼지고기 다섯 근, 생선 세 마리, 우유한 병, 두부 세 근, 국수 두 근, 황주(고급술) 여섯 항아리, 김치 세 근, 찻잎 넉 냥, 오이지 넉 냥, 소금 두 냥, 청나라 된장 여섯 냥, 감장(甘醬 -맛이 단 간장) 여덟 냥, 식초 열 냥, 참기름 한 냥, 산초 한 돈, 등유 세병, 초 세 자루, 우윳기름(300년 후 사람들은 이걸 버터라고 부를지 모른다) 석 냥, 밀가루 한 근 반, 생각 닷 냥, 마늘 열 뿌리, 능금 열다섯 개, 배 열다섯 개, 사과 열다섯 개, 감 열다섯 개, 대추 한 근, 포도 한근, 소주 한 병, 쌀 두 되, 나무 서른 근. 그리고 사흘에 양 한 마리를준다.

우와! 아무리 높은 벼슬아치라고 하더라도 이 많은 음식을 어떻게 하루에 다 먹으라는 건지 모르겠다. 이거 다 먹다가는 배 터져죽을 텐데, 우리 사신을 죽일 작정인가?

부사와 서장관께도 많은 물자를 지급한다. 물론 정사보다는 약간 적지만.

그럼 나 같은 하인에게는 얼마나 주는지 궁금하지 않은가?

고기 반 근, 김치 넉 냥, 식초 두 냥, 소금 한 냥, 쌀 한 되, 나무 네 근이 전부다.

음식이 있어야 식초도 사용하고 소금도 넣지, 음식이 없는데 그런 양념을 어디에 쓰라는 거지? 게다가 양반들은 우리가 끄는 말 타고, 우리가 청소한 방에 앉아서 시간을 보내는 반면 우리는 새벽부터 밤까지 일하는데, 고작 쌀 한 되라니! 우리는 굶어 죽고, 양반들은 배 터져 죽겠다.

이러니 내 기분이 좋겠는가 말이다.

그 후 나는, 청나라 조정에서 연암 어른께 내린 많은 물자를 내다 팔아서 돈으로 바꾸는 일까지 담당했다. 그러니까 청나라 조정에서 내린 물자는 다 먹으라는 게 아니라, 시장에 내다 팔아서 마련한 돈을 사용하라는 것이었다. 그러면 그렇지. 저 음식을 어떻게 다 먹는단 말인가?

5장

열하를
향하여!

열하

연경

고려보

산해관

열하를 향해
길을 떠나다

오늘 일기는 길게 써야 한다. 하루가 어떻게 지났는지 모를 정도로 많은 일이 일어났기 때문이다.

우선 해야 할 말이 있는데, 이 글은 연경에서 쓰는 게 아니다. 연경에 도착한 후 며칠 동안 아무 일 없이 지내다가 갑자기 오늘 열하를 향해 떠나왔다.

열하가 어디냐고?

맞다. 우리 사신 일행은 청나라 황제가 머무는 연경을 향해 먼 길을 걸어왔다. 그런데 왜 다시 열하라는 곳으로 향했는지 알려야겠다.

열하는 연경에서 북동쪽에 있는 곳이다. 열하에는 청나라 황제가 더운 여름에 머무는 별장이 있는데, 이를 '피서산장(避暑山莊)'이라고 부른다. '더위를 피하는 산장'이라는 뜻이다.

청나라가 이곳에 별장을 지은 데는 또 다른 이유도 있다.

본래 청나라는 만주에 살던 만주족이 세운 나라다. 따라서 연경은 만주족 고향에서 상당히 떨어져 있다. 게다가 만주는 연경, 또 청나라 대부분을 차지하는 남쪽과는 달리 춥고 척박한 땅이다. 그러다 보니 만주에 살던 만주족들이 중국 본토를 차지하면서 편한 것을 즐기게 되었다. 나라도 그럴 것이다. 춥고 드넓은 지역에서 말 타고 다니다, 경치 좋고 따스한 지역에 가서 살면 당연히 게을러지지 않겠는가. 그래서 청 황제가 여름에 머물면서 과거 만주에 살던 시절을 잊지 않겠다고 다짐하는 곳이기도 하단다.

그럼 왜 우리가 갑자기 열하를 향해 떠났을까?

청나라 황제가 열하에 머물고 있기 때문이다. 황제는 일흔 살 생일을 연경이 아니라 고향 가까운 이곳에서 지내기로 했다. 그래서 황제 생일을 축하하기 위해 온 각국 사절 가운데 특별히 챙기는 나라들 사절만 열하로 초청했다고 한다.

우리 사신 일행도 초청받았고, 그래서 갑자기 열하를 향해서 출발하게 된 것이다.

새벽에 일어나니 숙소가 난리가 났다. 얼굴이 사색이 된 청나라 관리들이 들이닥쳐서는 우리 일행을 깨우더니 빨리 열하로 가라고 재촉한다. 갑자기 왜들 그러지? 어제까지 아무 일 없었는데.

"다 죽었다고, 다 죽었어. 빨리들 서둘러!"

어안이 벙벙해진 우리는, 그들이 시키는 대로 부랴부랴 행장을 꾸리기 시작했다.

오늘이 8월 5일이니까 황제 생일인 8월 13일까지는 며칠 남지도 않았다. 알고 보니 청나라 관리들이 서두른 이유가 있었다.

청나라 황제는 열하에 머물면서 우리나라에서 사신이 왜 안 오는지 궁금해하고 있었는데, 연경의 관리들이 우리가 도착한 사실을 알리지 않은 것이다. 그러다가 우리가 이미 도착했다는 사실을 알게 된 황제가 불처럼 화를 낸 것이다.

"조선에서 온 사신들을 내가 기다렸는데 알리지도 않았단 말이냐?"

결국 담당 관리는 문책을 당했다고 한다. 그러니 청나라 관리들이 사색이 될 만도 했다.

청나라 관리들이 하도 난리를 피우자 자다가 일어난 정사, 부사, 서장관은 물론이고 연암 어른까지 우왕좌왕할 뿐이었다.

자초지종을 알게 된 정사를 비롯해 어른들이 모여 의논하였다. 모든 일행이 열하까지 갈 수는 없었다. 결국 반드시 가야 할 사람들을 뽑아 보내기로 하였다. 연암 어른께서는 어젯밤 늦게까지 술을 마시고 주무신 까닭에 피곤한 기색이 역력했다.

"나는 안 가겠습니다, 정사 어른."

휴, 잘됐다. 어른이 가신다면 나 역시 그 먼 곳까지 다시 가야 한다. 나는 안도의 한숨을 쉬었다.

그때였다. 정사께서 말씀하신다.

"자네가 이 먼 곳까지 온 까닭이 무엇인가? 천하를 구경하고 많은 것을 보고 배우고자 함이 아니었던가? 그런데 황제께서 머무시는 열하까지 갈 기회를 얻었는데 마다하다니. 그게 말이나 되는가? 연경까지 여행한 사람은 조선에도 많네. 그러나 열하를 여행한 사람은 거의 없지. 그러니 당연히 가야 하지 않겠는가 말이야."

휴, 이게 무슨 말이야? 제발 안 간다고 하세요, 어른. 나는 속으로 빌고 또 빌었다. 그러나 내 바람은 깨지고 말았다.

"지당하신 말씀입니다. 제가 생각이 짧았습니다. 가겠습니다."

말을 끝낸 어른께서는 내게 말씀하셨다.

"창대, 너 빨리 행장을 차리거라. 장복이는 이곳에 남아 있고. 모두 갈 수는 없는 곳이니."

엎친 데 덮친 격이라고 장복이와 함께 가지도 못하다니! 그럼 말만 모는 게 아니라 어른 수발까지 내가 들어야 한다. 미치겠다.

그러나 어쩌랴, 이것이 하인의 운명인 것을. 아, 빨리 공부를 해서 선비가 되어야겠다.

부랴부랴 행장을 꾸리고 말을 끌고 나왔더니, 마당은 난리가 아니었다.

남는 사람, 떠나는 사람이 뒤엉켜 울며불며 인사를 한다. 열하가 죽을 곳인가? 왜들 이리 울고 난리지? 그러나 장복이가 눈물로 인사하는 모습을 보니 나 역시 눈물이 난다. 아, 옥년이랑 헤어질 때도 눈물을 흘리지 않았는데.

"창대야, 가면서 먹어. 흑흑……"

장복이가 사과 하나를 내 손에 쥐어 준다. 이런 착한 녀석 같으니라고. 함께 갔으면 좋을 텐데……

나는 흐르는 눈물을 씻으며 말고삐를 쥐고 길을 나섰다.

얼마나 걸었을까? 어른께서는 말 위에서 눈을 감고 깊은 생각에 잠기셨다. 많은 사람을 남겨 두고 먼 길을 가려니 마음이 쓸쓸하신 듯했다.

나 역시 장복이를 비롯해 친한 사람들과 헤어져 걷다 보니 아무 생각도 들지 않았다. 나는 터덜터덜 앞만 보고 걸었다.

얼마나 갔을까? 앞에서 먼저 떠난 일행이 눈에 보이지 않았다. 어떻게 된 거지? 게다가 길은 점점 험해지더니 사방이 온통 옥수수밭이고 완전 구렁텅이였다. 말이 제대로 걷지도 못할 만큼 질퍽한 길

▲ 이제는 말 안 해도 알겠지? 이 그림도 〈청명상하도〉야.

조선에서는 타 본 적 없는 배도 청나라에 와서 타 봤지. 나루터에도 수많은 사람이 있더라고. 열하에 갈 때는 청나라 관리들이 도와줘서 쉽게 탔는데, 올 때는 완전히 찬밥 신세였다니까.

을 가까스로 헤쳐 나가며 걸었다. 가도 가도 일행은 보이지 않았다. 날은 저무는데 겁이 더럭 났다.

간신히 옥수수밭에서 나오는 한 사람을 만났다. 나는 서투른 중국말로 물었다.

"열하를 가려면 어디로 가야 하나요?"

"어? 길을 잘못 들었어. 이쪽으로 가면 안 돼. 저쪽으로 나가면 밭 옆으로 길이 있는데, 그쪽으로 쭉 걸어가면 큰길이 나올 거야. 그럼 그곳으로 가라고."

헉! 이럴 수가. 어른은 눈을 감으시고, 나는 넋 놓고 허공만 바라보다가 그만 길을 잘못 든 것이다. 갑자기 겁이 더럭 났다.

"어르신, 죄송합니다요. 제가 길을 잘못 들었습니다요."

평소 같으면 화를 벌컥 내실 만도 한데, 어른께서도 많은 사람과 헤어져 먼 길을 가는 내가 안쓰러웠나 보다.

"괜찮다. 저 사람이 말하는 대로 빨리 가자."

휴, 다행이 다. 나는 그제

야 정신 바짝 차리고 알려 준 길로 열심히 걸었다. 한참을 걸었더니 큰길이 나왔다. 큰길을 향해 얼마나 걸었을까, 드디어 우리 일행의 물자를 실은 수레들 모습이 눈에 들어왔다. 가슴을 쓸어내린 나는 기쁜 마음으로 그 뒤를 따랐다.

그러나 기쁨도 잠시, 이내 큰일을 당하고 말았다.

일행을 만났다는 안도감 때문에 긴장이 풀어진 나는, 걷다가 그만 말발굽에 오른쪽 발을 밟히고 만 것이다.

"애고, 나 죽어!"

말발굽에 밟혀 본 적 없는 사람은 내 고통을 모를 것이다. 말발굽은 쇠로 만들었다. 게다가 말의 힘이 얼마나 센가. 내 발은 무거운 망치에 맞은 것처럼 아팠다.

"무슨 일이냐? 창대야."

어른께서도 걱정이 되는지 말에서 내려 내 상처를 보신다.

"아이구, 어르신. 저 죽겠습니다요. 발에서 피도 나고 찍혔습니다요. 흑흑!"

엄살이 아니다. 살펴보니 내 발등에서 피도 나고 큰 상처가 나 있었다.

"허어, 이거 낭패로고. 그렇다고 여기서 무슨 뾰족한 수도 없지 않느냐? 빨리 숙소에 가서 치료를 하자꾸나."

어쩔 수 없이 어른께서 말고삐를 잡으시고, 나는 절뚝거리면서 그 뒤를 따랐다. 얼마나 아픈지 나도 모르게 신음이 나왔다.

"어이구, 아파라. 엄마, 옥년아!"

가까스로 숙소에 도착하자 어른께서는 나 아픈 것은 싹 잊어버렸는지 정사, 부사 어른들에게 길 잃은 사정을 늘어놓기 바쁘시다. 나는 절뚝거리며 부엌으로 들어갔다.

"아이구, 아파라. 여기 혹시 된장 있나요?"

상처에는 된장보다 좋은 약이 없다고 익히 들어왔기 때문이다.

"야, 이 녀석아. 여기가 조선인 줄 아느냐? 여긴 청나라야, 청나라. 청나라에 무슨 된장이 있어?"

된장이 없다니! 그럼 청나라 사람들은 뭘 먹고 살지? 된장처럼 맛나면서 병도 고치는 재료가 없는데.

나는 그 자리에 펄썩 주저앉았다.

"엉엉! 나 죽는단 말이에요."

그러자 몇몇 마두 아저씨들이 다가와 내 상처를 살펴본다.

"에구, 크게 다쳤네. 이걸 어쩌지?"

"어쩌긴 어째요. 애는 그냥 여기 버리고 가야지."

이런 죽일 놈, 아니 죽일 어른 같으니라고.

"글쎄, 이런 몸으로 따라갈 수 있을까? 안되었지만 그냥 두고 가야겠어."

여기 죽일 어른 하나 더 있구나.

"아무리 그래도 그렇지. 우리 같은 경마잡이인데 그냥 두고 가다니. 업고라도 가야지."

역시 훌륭한 사람이 훌륭한 사람을 알아보는구나.

나는 밤새도록 끙끙대며 지냈다. 그래도 다행히 청나라 관리가 약을 발라 준 덕분에 조금 나았다.

1780년 8월 6일

백하를
건너다

오늘 나는 아파서 말고삐를 잡지 못한 채 걷기만 했다. 그냥 걷는 것도 너무 아파서 눈물이 끊이지 않았다. 그렇지만 나는 똑똑한 사람이라 예서 포기할 수는 없어서 용감히 걸었다.

사실 일기 쓸 힘도 없지만 그래도 사명감을 가지고 쓰기로 했다. 그러니 나중에 일기를 읽는 사람들은 그 점을 명심하길 바란다. 내가 얼마나 훌륭한 사람인지 기억하면서 말이다.

새벽부터 걷기 시작해, 점심 식사를 마친 후 강을 건너게 되었다. 백하라고 하는 강이었다. 강가는 우리가 도착하기 전부터 수많은 사람으로 북새통을 이루고 있었다. 대부분 열하로 축하차 가는 여러 나라 사신들과 그들이 가지고 가는 물자들이었다.

우리가 강가에 도착하자 머리에 하얀 모자 쓴 사람들이 이미 배에 오른 상태였다.

"저 사람들이, 아이고 아파, 쓴 게 뭐예요?"

나는 아픈 와중에도 호기심에 옆 사람에게 물었다.

"저건 터번이라고 하는 거야. 회교●를 믿는 사람들이 쓰지."

> **회교**
> 회교는 조선 시대에 사용하던 표현이고, 21세기에는 이슬람교라고 할걸?

회교? 나는 불교와 유교는 알지만 회교는 모른다. 불교는 부처님을 믿고 유교는 공자님을 믿는데, 회교는 누굴 믿는 걸까? 우리 엄마는 부처님도 안 믿고 공자님도 안 믿고 오직 서낭당 앞에 가서 빌기만 하시는데, 엄마에게 물어볼까? 그런데 내가 떠나올 때도 분명 엄마가 서낭당에서 무사히 다녀오게 해 달라고 비셨는데, 이렇게 다친 걸 보니 썩 효험이 없는 듯하다. 맞아, 믿을 건 오직 공부와 내 노력뿐이다.

그건 그렇고 저 사람들은 어디서 오는 걸까? 한 번도 본 적 없는 사람들인데, 청나라와는 오래전부터 알고 지냈나 보다. 이런 곳까지 찾아오는 걸 보니.

"저 사람들은 신강이라는 곳에서 오는 사람들이지. 위구르족이라고 부른단다. 모두 회교를 믿는데, 머리에 터번을 쓰는 것이 특징

이지."

　옆에서 다른 경마잡이 아저씨가 이야기해 주신다. 아저씨는 벌써 여러 번 연경에 다녀왔단다. 그러니 모르는 것이 없을 수밖에.

　"신강에서 온 위구르 사람들 외에 서장에서 온 사람들도 있고, 멀리 서쪽에 있는 천축국에서 온 사람들도 있어. 너는 잘 모르겠지만 청나라는 엄청 크지. 그래서 그 주변 나라들만 해도 무척 많단다. 우리는 평생 가도 그 사람들 다 만나 볼 수 없을걸."

아저씨 말대로 강가에서 기다리면서 만난 사람들 모습은 제각각이어서, 태어나서 한 번도 본 적 없는 얼굴도 많았다. 어떤 사람은 얼굴이 시꺼멓고, 또 어떤 사람은 수염이 온 얼굴을 덮고 있었다. 눈이 크고 깊은 사람이 있는가 하면 우리와 같이 평범한 얼굴을 가진 사람도 많았다.

그러고 보니 발은 다쳤고, 몸은 힘들지만, 열하에 온 것은 잘한 일이라는 생각이 들었다. 이때 아니면 언제 이런 구경을 한단 말인가.

수많은 사람 틈에서도 우리 일행은 편히 배를 타고 강을 건널 수 있었다. 우리를 안내하는 청나라 관리들이 빈틈없이 손을 썼기 때문이다. 만일 청나라 관리들이 없었다면, 우리는 이곳에서 한참을 지체했을 것이다. 그만큼 강을 건너려는 사람도 많고 물자도 많았지만 배는 부족했기 때문이다.

만리장성을
만나다

어젯밤에도 약을 바르고 잤는데, 오늘은 너무나 아파서 도저히 걸을 수 없었다.

아침부터 나는 엉엉 울었는데, 엄살이 아니고 정말 아프다. 그래도 나 혼자 남을 수는 없으니 걸어야 한다. 나는 한쪽 발을 절뚝이며 안간힘을 썼다.

그러나 얼마 가지 않아 고갯길을 만나자 더 이상 걸을 수 없었다.

"엉엉, 어르신, 저는 도저히 못 걷겠습니다요. 제발 살려 주십시오."

나는 말을 타고 가는 연암 어른 곁에는 가지도 못한 채, 가마를 타고 가는 부사께 매달렸다. 이제 말은 무서워서 곁에도 가지 못하지만, 가마는 사람이 매는 것이니 매달려도 다칠 염려가 없다.

"제발 저 좀 살려 주세요, 부사 어르신. 흑흑!"

내가 울며불며 매달리자 부사께서 한마디 하신다.

"알았다. 내가 너희 주인께 가서 말해 보마. 얘들아, 빨리 가자."

부사께서 탄 가마가 멀찌감치 앞서나간다. 겁이 더럭 난 나는 있는 힘을 다해 걷기, 아니 발이 아파서 걷지는 못하고 끌기 시작했다. 눈물을 흘리며 얼마나 걸어갔을까. 연암 어른께서 탄 말이 나를 기다리고 있었다.

"그렇게 아프냐?"

"흑흑… 제발 저 좀 살려 주십시오. 더 이상 못 걷겠습니다요."

내가 이렇게 아프다고 하는데도 어른은 못 믿겠다는 표정이시다. 내가 어른처럼 '~체하는 사람'인 줄 아시나? 그 표정을 보니 서러움이 북받쳐 그 자리에 퍼질러 앉아 울기 시작했다.

"알았다, 알았어. 잠깐 기다려라."

어른께서 고의춤을 뒤적이시더니 돈 200닢을 꺼내셨다.

"옜다, 200닢이다. 그리고 저 바랑 한번 열어봐라. 거기 청심환 다섯 알만 꺼내라. 이 돈과 청심환으로 나귀라도 한 마리 빌려 타고 오거라. 됐지?"

역시 우리 어른은 훌륭하시다. 갑자기 발이 다 나은 듯했다.

"고맙습니다요, 어르신."

나는 넙죽 절을 하고 청심환과 200닢을 받았다.

"그럼 빨리 날 따라오거라."

말을 마친 어른께서 말에 오르시더니 직접 고삐를 당기셨다.

나는 뒤도 안 돌아보시는 어른을 향해 다시 한번 절을 하였다.

그러나 어디서 나귀를 구할 수 있겠는가. 돈과 청심환은 있는데, 나귀 빌릴 곳은 어디에도 없었다. 겁은 났지만 어쩔 도리가 없었다. 하릴없이 고개 위에 앉아 다리를 주무르고 있는데, 멀리서 말발굽 소리가 났다. 벌떡 일어난 나는 소리 나는 곳을 향해 서 있었다.

앗, 우리 사신 일행을 안내할 책임을 진 청나라 제독 일행이었다. 이때를 놓치면 산속에서 죽을지도 모른다.

"아이고, 아이고, 사람 죽네. 흑흑!"

나는 있는 힘을 다해 울부짖었다. 그러자 말을 타고 가던 청나라 제독이 나를 돌아보고는 안쓰럽다는 표정을 지었다. 그러더니 말에서 내려 내 상처를 보더니 말했다.

"이런 상처로 그냥 걸어갈 수는 없겠군. 여봐라, 이 친구를 가마에 태우도록 해라."

그러자 따라오던 병사들이 고개를 조아리고는 나를 부축했다. 잠시 기다리니 짐 실은 가마를 든 병사들이 왔다. 제독의 명령을 받은 이들이 나서더니, 가마에서 짐을 한쪽으로 치우고는 그곳에 타게 하였다.

　여러분은 가마에 타 본 적이 없을 것이다. 가마는 아무나 타는 것이 아니니 말이다.

　가마에 탄 기분이라니! 그러나 여러분은 너무 부러워하지는 마라. 가마에 타 보니 그렇게 좋은 것은 아니었다. 앞에서 두 명, 뒤에서 두 명이 가마를 들고 가는데, 가끔 흔들릴 때는 멀미가 날 지경이다. 매일 탄다면 익숙해질 텐데 나는 처음 타서 그런지 더 멀미가 나는 듯했다. 게다가 말을 타는 것보다는 훨씬 느리다. 그리고 가마꾼들이 힘들어서 자주 쉬어야 했다. 그러니 좋은 것만은 아니라는 말이다. 나는 다짐했다. 가마 타는 것이 썩 좋지 않구나. 그러니 앞으로 가마 탈 일이 있으면…… 반드시 타야지.

　게다가 더욱 즐거운 일이 있으니 연암 어른께서 주신 돈과 청심환은 고스란히 내 것이 되었다는 사실이다. 우와! 신난다.

얼마나 갔을까.

만리장성이 나타났다. 만리장성에 대해 잘 아시나?

만리장성 모르는 사람이 어디 있느냐고 하는데, 내가 보기에 만리장성에 대해 정확히 알고 있는 사람도 별로 없는 듯하다.

그래서 이참에 만리장성에 대해 설명해 주겠다. 만리장성을 직접보고 걸은 사람으로서. 그것도 발로 걸은 게 아니라 가마를 타고 갔으니 더 잘 볼 수밖에.

만리장성은 한 시대에 한 나라가 한번에 쌓은 게 아니다.

만리장성은 중국 땅을 북방 오랑캐들로부터 지키기 위해 중국을 처음으로 통일한 진시황이 처음 쌓기 시작했다. 진시황은 기원전 259년에 태어나 기원전 221년에 중국을 처음으로 통일하고, 기원전 210년에 세상을 떠났다. 그러니 만리장성이 처음 건설된 것은 기

▲ 만리장성은 정말 대단하다. 그런데 300년 후 사람들도 만리장성을 볼 수 있을지 모르겠네. 우선 말이 없으니 이 먼 청나라까지 오기도 힘들 테니까. 그뿐이야? 그때쯤이면 북쪽 오랑캐들이 청나라로 쳐들어가서 만리장성을 파괴해 버릴지도 모르지. 그러니 300년 후에 살아가는 내 후손들은 이 거대한 만리장성을 못 볼 수도 있어. 그래서 내가 여기 자세히 설명해 놓았으니 참고해!

원전 210년대인 셈이다.

그전에도 중국 북부를 지배하던 여러 나라에서 성을 쌓았지만, 부분적으로만 쌓았기 때문에 만리장성이라고 부를 수는 없었다. 진시황은 그렇게 여러 나라가 부분적으로 쌓아 놓은 성들을 연결해 만리장성의 초기 형태를 만든 셈이다.

처음 만리장성은 그 무렵 중국을 위협하던 북방 흉노족의 침략

▲ 우선 만리장성은 천 년이 넘는 기간에 걸쳐 지었어. 따라서 성을 쌓는 방식 역시 시대에 따라 변했지. 초기에는 흙을 다져서 쌓거나 돌로 쌓았거든. 또 사막 지대에서는 모래와 갈대를 이용해서 쌓기도 했어. 그러다 시간이 지나면서 벽돌, 기와 등을 직접 구워 쌓기 시작했지. 내가 청나라에 와서 본 만리장성은 대부분 벽돌로 쌓은 거야.

그런데 그 산꼭대기까지 저 많은 벽돌과 기와를 어떻게 가지고 가서 쌓았는지 정말 놀랍지 않아? 게다가 벽돌이 무너지지 않게 만들어야 했으니 그 기술도 놀라워. 이 산등성이들은 맨손으로 오르기도 힘든데 말이야.

후손들에게 만리장성의 모습을 어떻게 전해 주지? 아, 좋은 수가 있다. 200년 후에 등장한 기술로 찍은 사진을 이곳에 넣으라고 빈칸으로 남겨 두어야겠어! 그럼 누군가가 사진을 넣겠지?

에 대비해 쌓기 시작했다. 그러나 진나라가 일찍 망하는 바람에 완성할 수는 없었다.

그 후에도 북부 이민족들은 끊임없이 중국 북부를 침략했고, 이들은 만리장성을 쌓을 이유가 없었다. 만리장성이 있으면 오히려 중국을 침략하는 데 방해물이 될 뿐이니까.

그러다 명나라가 건국되면서 만리장성을 본격적으로 축조하기 시작했다. 명나라(1368-1644)는 이전 몽골족이 다스리던 원나라 (1271-1368)를 멸망시킨 후 건국한 중국 민족의 국가였다. 그러니 명나라는 북방 이민족의 침략을 방어해야 할 이유가 분명했다. 이것이 명나라 때 만리장성을 본격적으로 축조한 이유다. 오늘날 전하는 만리장성은 이때 세운 것이다.

이제 알겠는가? 그러니 만리장성은 오랜 기간에 걸쳐 많은 나라와 사람들 힘으로 세운 건축물인 셈이다.

그런데 그 산꼭대기까지 저 많은 벽돌과 기와를 어떻게 가지고 가서 쌓았는지 정말 놀랍지 않아? 게다가 벽돌이 무너지지 않게 만들어야 했으니 그 기술도 놀라워. 이 산등성이들은 맨손으로 오르기도 힘든데 말이야.

만리장성을 따라 걷는데, 어디서 많이 본 글자가 눈에 들어왔다.

앗! 이건 분명 연암 어른의 필체다.

만리장성 성벽에 붓으로 시 한 구절을 쓴 다음, 맨 끝에는 칼로 '연암'이라고 새겨 넣기까지 했다. 우와! 이럴 수가!

아무리 남의 나라 성이라고 해도 그렇지. 문화재가 될지도 모르는 건축물에 함부로 자기 글씨를 쓰고 이름을 새겨 넣다니! 내가 모시는 분이라고 해도 이러면 안 된다. 우리 문화재가 귀하면 남의 나라 문화재도 귀한 법인데.

혹시라도 이걸 보고 300년 후에 조선 사람들이 청나라 땅에 들어가 이곳저곳에 자기 이름을 새기면 나라 망신 아닌가 말이다. 게다가 문화를 모르는 사람들은 '창대☆옥년'이라고 새길지도 모른다. 아, 큰일이다. ☆이 무슨 뜻이냐고? 그것도 모르다니! 이건 '후에 혼인한다'라는 뜻이다. 그러니 '창대☆옥년'이라고 새기면, 하늘이 두 쪽 나도 창대와 옥년이는 혼인한다는 뜻이다.

나도 어른을 따라 이렇게 새기고 싶었지만, 그래서는 안 된다고 생각하다가, 다시 어른을 생각하며 그래야 한다고 판단했다. 나는 만리장성을 훼손하고 싶지 않았지만, 옥년이를 향한 내 사랑을 하늘에 맹세하는 것이 더 중요하니까. 그래서 가마를 잠깐 세워 달라고 한 후 뒷간을 가는 척하다가 새겨 넣었다. 혹시라도 나를 비난하지는 마시라. 나는 연암 어른을 따라 한 것뿐이니까.

이날 나는 가마를 타고 제독이 머무는 숙소까지 올 수 있었다. 그러나 우리 사신 일행은 어디로 갔는지 만날 수 없었다. 할 수 없이 청나라 병사들과 함께 하루를 보내야 했는데, 산속이라 그런지 숙소도 마땅치 않았고 먹을 것도 별로 없었다. 밀가루 반죽 같은 것 하나로 저녁 식사를 때워야 했다. 배도 고프고 다리도 아파서 잠을 거의 못 잤다.

하루 만에 연암 어른을
다시 뵙다

아침이 되어 길을 떠날 채비를 할 때였다. 제독이 다가오더니 말한다.

"오늘은 내가 가마를 타겠네. 그러니 자네는 내 말을 타고 오게나. 경마잡이니까 말은 잘 타겠지?"

잘됐다. 안 그래도 멀미로 괴로웠는데, 말을 타라니 불감청이언정 고소원이다. 불감청고소원이 무슨 말이냐고? 휴, 이런 답답한 사람들 같으니라고. 불감청고소원(不敢請固所願)의 한자 뜻은 '아니 불, 감히 감, 청할 청, 굳을 고, 바 소, 원할 원'이다. 그러니까 '감히 청하지는 못했지만 원하던 바'라는 뜻이다. '내가 말을 타겠다고 요청은 안 했지만, 사실 그것이야말로 내가 원하던 바다.' 이런 뜻이란 말이다.

그래서 오늘은 고삐만 잡는 것이 아니라, 제대로 말을 타게 되었다. 그런데 말이 문제다. 내가 끄는 말들은 본래 달린 적이 거의 없는 말들이다. 연암 어른이 장군도 아닌데, 말 타고 달릴 일이 있겠는가. 그저 천천히 걷는 일밖에 하지 않았다. 반면에 이 말은 청나라 제독이 타는 말이다. 청나라 사람들은 말을 타고 바람처럼 달린다. 그러니 이 말도 바람처럼 달리려고 한다. 아무리 내가 말고삐를 잡는 사람이지만, 말 타고 바람처럼 달릴 능력은 안 되… 아니 능력은 되지만 체면이 있지 그렇게 달리고 싶지는 않은데……

　말이 얼마나 힘이 센지 고삐를 잡은 내 몸에서 진땀이 흐른다. 자칫하면 말에서 떨어질 것 같다. 제발 천천히 가자꾸나, 말아! 나는 속으로 빌고 또 빌었다.

　얼마나 갔을까? 온몸이 땀으로 범벅이 될 즈음, 말이 달리고 싶어도 달릴 수 없게 되었다. 사방에서 모여든 사람으로 인해 길이 가득 찬 것이다. 그러니 말도 저절로 천천히 걸을 수밖에 없었다. 다행이다.

　그렇게 걷고 있는데 갑자기 눈앞에 낯익은 얼굴이 보인다. 연암 어른이시다!

　나는 얼른 말에서 내려 어른께 달려갔다.

　"어르신, 저 창대입니다요."

나를 발견한 어른의 얼굴에 함박웃음이 피어오른다.

"창대야, 괜찮으냐?"

어른께서 이토록 나를 기다리셨단 말인가? 아니, 홀로 고삐를 잡고 가시려니 힘들었는데, 내가 나타나서 좋으신 건가? 잘 모르겠다. 여하튼 하루 만에 어른을 뵈니 마음이 푸근하다.

"이제 발도 많이 좋아졌습니다요. 잠깐만 기다리십시오, 어르신. 이 말을 제독께 갖다주고 오겠습니다요."

"오, 그게 제독의 말이란 말이냐? 너를 위해 자기가 타던 말을 내주다니! 이런 고마울 데가 있는가. 내 그분을 만나면 톡톡히 치사를 해야겠구나."

"고맙습니다요."

나는 부랴부랴 제독 일행을 찾아 나섰다. 얼마 안 가 앞쪽에서 느릿느릿 걸어가는 제독을 발견하였다.

"제독님, 고맙습니다. 저희 어른을 만났습니다요. 저는 그분 말을 잡고 가겠습니다. 안녕히 가십시오."

돌아온 나는, 어른이 잡고 가시던 고삐를 잡고 다시 걷기 시작했다. 하루를 쉬고 제독이 보살펴 준 덕분에 발이 한결 좋아졌다.

물론 걱정이 없는 것은 아니었다. 내가 제독의 가마를 타기도 하고 말을 타기도 하고 따라온 것을 알면, 어른께서 주셨던 돈과 청심환 다섯 알을 돌려달라고 하실지 모르니까. 그러나 다행히 아직은 돌려 달라고 하지 않으신다. 똑똑하신 어른이지만 제발 그것만은 잊으시길……

발은 앞을 향해 나아가지만, 피로는 영 가시질 않았다. 벌써 며칠째 제대로 먹지도 못하고 쉬지도 못하고 자지도 못했으니 당연하다. 길을 걷는데, 마치 구름 위를 걷듯 정신이 아득했다. 말이 다른 길로 가는 것을 찾아낸 것만 해도 여러 번이었다.

말도 제대로 쉬지 못해서 그런지 예사롭지 않다. 내가 피곤하고 힘들면 어른이라도 정신을 차리셔야 할 텐데, 그분 역시 마찬가지다. 몸집이 우람하니 어쩌면 나보다 더 힘들지도 모른다. 말 위에서 꾸벅꾸벅 조는 것은 다반사요, 옆으로 넘어질 뻔한 것을 내가 잡은 것도 여러 번이다.

부처님께서 "세상에서 가장 무거운 것은 눈꺼풀이다." 하셨다는 이야기를 들은 적이 있는데, 이번에 정말 깨달았다. 세상에서 가장 무거운 것은 눈꺼풀이 맞다. 아무리 눈을 치켜뜨려고 해도 뜰 수가 없다. 이 가벼운 눈꺼풀을 들 수 없다니! 그런데 눈꺼풀만이 아니다. 옆에서 누가 말을 건다.

"이 먼 길을 벌써 며칠째 걷는지 모르겠구나."

"나는 걷기는커녕 말을 타고 가는데도 힘드네."

"말이 잘 걷더냐?"

"말을 하면 할수록 잘 걷는다네."

"뭐라고? 이 녀석이 어디서 반말이야?"

"반말을 두 배로 곱하면 존댓말이 된다네. 쌀이 춤을 추는구나.
밥아, 밥아, 너는 어디로 갔느냐."

"예끼 이놈아!"

갑자기 고막이 떨어져 나가는 소리가 들린다. 눈을 떠보니 어른
께서 말 위에서 물끄러미 바라보신다.

"창대야, 너 괜찮으냐?"

"예? 뭐가요. 밥을 먹으면 좋겠는데."

"아무래도 안 되겠군."

말을 마친 어른께서 말에서 내려서는 나를 담요로 둘둘 말아 말
위에 태우셨단다. 사실 그때 나는 인사불성이어서 무슨 말을 했는
지, 무슨 일이 있었는지 생각이 나지 않을 정도였다. 온몸이 불구덩
이처럼 끓었고, 눈도 못 뜰 지경이었단다. 이 모든 것을 나중에 어른
께서 내게 알려 주셨다.

나를 태우신 어른께서 말고삐를 잡고 숙소까지 걸어오셨단다. 그
러니까 내가 말을 타고 어른께서 경마를 잡으신 것이다. 오래 살다
보니 이런 일도 다 있구나. 얼마나 오래 살았느냐고? 15년은 넘게
살았다, 왜?

6장

열하가
바로 여기야!

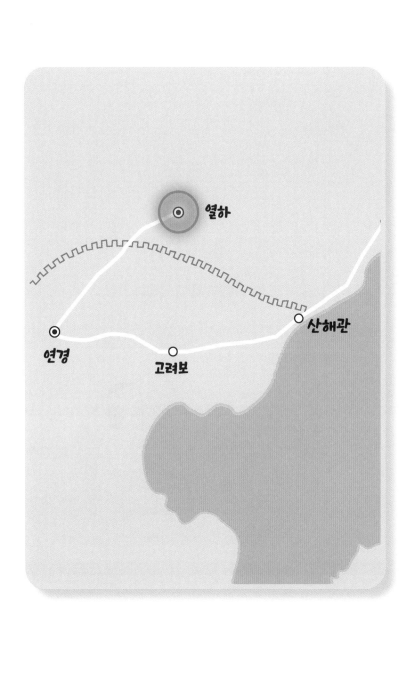

열하

산해관

연경

고려보

열하에
도착하다

드디어 어제 열하에 도착했다.

열하는 연경에 비하면 보잘것없다. 그러나 황제가 머무는 곳인 만큼 이곳 역시 한양만큼 분주하다. 특히 황제의 칠순 생일을 맞아 세계 각국에서 찾아온 사신들로 왁자지껄하다.

이곳에 도착한 후 하인들은 특별히 할 일이 없다. 정사, 부사, 서장관 어른 등 중요한 분들만이 청나라 관리들을 만나고 이곳저곳을 왕래할 뿐, 일반인들은 황제가 머무는 장소에 발도 들여놓지 못하기 때문이다.

이제부터 며칠간 나는 아직 완쾌되지 않은 발을 치료하면서 쉬면 된다. 생각만 해도 즐겁다.

▲ 열하행궁 모습을 그린 '열하행궁전도(熱河行宮全圖)'라는 그림이야. 열하에 있는 궁을 '행궁'이라고 해. 행궁(行宮)이란 황제나 왕이 늘 머무는 곳이 아니라, 본래 궁을 떠나 머무는 임시 궁을 가리켜. 청나라 궁은 연경에 있는 자금성이고, 이곳은 행궁인 셈이지. 열하행궁이 있는 이곳에서 살아가는 사람은 연경보다는 적어. 그림을 보아도 알 수 있듯이 산기슭에 넓은 궁만 있으니까.

그렇게 편히 지내려고 했는데 오후에 썩 좋지 않은 일이 벌어졌다.

"저게 누구예요?"

"청나라 군기대신이래. 엄청 무서운 벼슬인가 봐. 황제의 명을 받들고 왔다는데."

수염이 덥수룩한 데다 말도 잘 타는 사람이 들어오더니 어른들에게 말한다.

"서장에서 오신 성승을 알현하지 않으려는가?"

성승(聖僧)은 '성스러운 승려'라는 뜻이다. 바로 티베트에서 온 승려 판첸 라마를 가리킨다. 판첸 라마는 달라이 라마의 뒤를 잇는 티베트 불교의 이인자란다.

나는 당연히 어른들께서 알현한다고 할 줄 알았다. 청나라 황제가 내리는 명령이니 따르는 것이 당연하고, 게다가 불교 지도자라니 만나서 좋은 말 듣고 오면 될 테니 말이다.

"황제께서 저희를 그렇게 대해 주시니 감사합니다만, 저희는 중국인이 아닌 사람들과는 함부로 만날 수 없습니다."

어? 못 만나겠다고 말씀하시는 거다. 그 순간 군기대신 얼굴에 불쾌한 빛이 역력했다. 그러더니 말고삐를 잡고는 휙 돌아가 버렸다.

그가 아무 말 없이 떠나자, 남은 사람들 역시 당황하였다.

"아니, 우리가 왜 그런 승려를 만나야 한다는 거요? 당연히 만나서는 안 됩니다."

"맞소이다. 우리는 유교를 숭상하는데 불교 승려를 만나다니! 절대 안 됩니다."

"그대들 말이 맞지만, 지금 황제께서는 성승을 매우 존경한다오. 그러니 우리 주장만 내세울 때가 아닌 듯하오."

이러쿵저러쿵 말들을 주고받는데, 군기대신이 다시 들어온다.

"성승께서는 중국인과 다르지 않으니 즉시 알현하라는 명령이오."

이쯤 되니 모두 어쩔 수 없다는 듯 길을 나섰다. 일행이 성승의 숙소를 향해 걷고 있을 때였다. 다시 청나라 관리들이 바람처럼 달려오더니 명령을 전한다.

"오늘은 날이 저물었으니 돌아가서 다음을 기약하라."

하릴없게 된 일행은 시무룩한 표정으로 돌아올 수밖에 없었다. 돌아온 후에도 걱정이 태산이었다. 황제 심기를 불편하게 했으니 앞으로 무슨 일이 벌어질지 몰랐다.

"자네가 궁에 가서 어떻게 돌아가는지 살펴보고 오게."

안절부절못하던 어른들이 박보수라는 사람을 청나라 궁으로 보냈다.

한참 후 돌아온 박보수가 얼굴이 하얘져서 말하였다.

"황제께서 말씀하시기를, '조선 사신들이 예의를 모르는군.' 하였답니다."

이 말을 들은 청나라 통역관들이 큰소리를 지른다.

"어이구, 이제 우리는 다 죽었다. 컥컥."

우리 일행 역시 낯이 흙빛이 된 채 아무도 입을 열지 못했다.

그러니 그냥 만나면 되지, 사람 하나 만나는 게 무에 그리 큰 잘못이라고.

에이, 잠이나 자자.

장터에서
술자리를 벌이다

벼슬아치 나리들은 좌불안석일지 모르지만 나는 한가할 뿐이다. 할 일이 없어 장터 구경에 나섰다. 이곳에는 한족보다는 몽골인이나 만주인, 회족이 훨씬 많다. 연경에서 멀리 떨어진 북쪽이기 때문인 듯하다.

이곳저곳 구경하다 들어선 골목에는 좌우로 술집이 줄줄이 서 있다. 게다가 우리나라와는 달리 술집들이 큼지막한 건물이어서 대부분 이층이다. 간판도 크게 써 붙였다. 이곳저곳 두리번거리는 내 눈에 누군가가 들어왔다.

어? 저게 누구지? 저 멀리 앞에 가는 분이 낯익다 했더니 연암 어른이시다. 나는 어른이 어디로 가시는지 따라가 보기로 하였다.

얼마쯤 갔을까, 한 술집 이층으로 올라가시는 모습이 보였다. 그럼 그렇지. 술 좋아하는 분이 술집 말고 다른 곳을 가실 리 없다.

나도 살그머니 이층으로 올라가 보았다. 어른께 들킬까 걱정하였는데, 전혀 그럴 필요가 없을 만큼 이층은 넓었다. 나도 돈이 있으니 술 한잔쯤은 마실 수 있다. 그 돈 어디서 났느냐고? 묻지 마라. 다행히 지금까지 어른께서 청심환 내놓으라고 안 하셨다.

나는 술 한 냥을 시킨 후 구석에 자리를 잡고 앉았다. 왜 술을 한 냥이라는 단위로 부르는지 궁금하지? 조선에서는 돈도 한 냥, 두 냥, 하고 부르지만, 일정한 무게를 가리킬 때도 한 냥, 두 냥, 하고 부른다. 21세기에도 금을 가리킬 때는 한 냥, 두 냥, 하고 부를걸? 한 냥은 37.5그램이니까 말이다. 그보다 적은 양을 가리키는 단위로는 돈이 있다. 돈은 냥의 10분의 1이다. 그러니까 3.75그램이다. 나중에 옥년이와 혼인하게 되면 한 돈짜리 반지를 해 줄 생각이다. 그러려면 지금부터 우황청심환, 아니 돈 열심히 모아야 한다.

좌우를 살피니 앉은 사람 대부분이 만주인이나 몽골인, 회족이다. 이 사람들 모습은 우리와는 딴판이어서 우락부락하고 시커머튀튀하다. 겉모습만 보면 모두 산적 같다. 몸집도 엄청 커서 어른이 작아 보일 정도다. 나는 어른도 피할 겸 무서운 사람들 눈길도 피할 겸 구석에 앉은 것이다.

그때였다.

"내 술은 데우지 마라!"

이층 전체가 울릴 정도로 큰소리가 들렸다. 고개를 돌려 보니 어른이었다.

중국에서는 술을 데워서 마시는 것이 일반적이다. 반대로 우리나라에서는 술을 데우지 않고 그냥 마신다. 그래서 심부름꾼이 술을 데우려고 하니까, 그냥 가져오라고 소리치신 것이다.

어른이 소리치자 나만 놀란 것이 아니다. 이층에서 술을 마시던 사람들, 또 심부름꾼까지 모두가 깜짝 놀라 고개를 들어 어른을 바라보았다.

그러자 어른께서는 의기양양한 표정을 지은 채 술을 기다리신다. 하하, 저 표정을 내가 안다. 저 표정은 정말 의기양양한 것이 아니다. 뭔가 켕길 때 짓는 표정이시다. 뭐가 켕기시는 걸까? 아하, 말도 잘 안 통하는 이곳에서 산적 같은 사람들 사이에 홀로 앉아 계시니 괜히 겁이 나시는 거다. 그래서 다른 사람들에게 눌리지 않으려고 호기를 부리시는 게 틀림없다.

나는 속으로 웃으며 심부름꾼이 가져온 술을 작은 잔에 따라 홀짝거렸다. 중국 술은 독해서 그런지 매우 작은 잔에 마신다. 우리나라에서는 술을 밥그릇에 마시기도 하는데.

조금 있다가 심부름꾼이 어른께 술을 갖다 드린다. 내가 시킨 양보다 훨씬 많다. 역시 양반은 다르군. 저걸 다 마실 요량이신가.

"이런 잔 치워. 큰 잔 가져오거라."

다시 큰소리가 났다. 얼른 보니 어른께서 중국 술잔을 치우시며 말씀하신다. 잠시 후 심부름꾼이 큰 잔을 갖다 드렸다. 그러자 그 잔에 찬 술을 콸콸 붓더니 단숨에 들이키신다.

"어, 좋다."

그 많은 술을 단숨에 마신 어른께서 수염을 쓰윽 닦더니 일어나신다. 이 모습을 본 이층 손님들 모두 입을 다물지 못하고 있었다. 하기야 자신들은 호두만 한 잔으로 마시는 술을, 국그릇에 담아 벌컥벌컥 마시는 모습을 보았으니 얼마나 놀랐겠는가.

그때였다. 무시무시하게 생긴 몇몇 만주인이 어른을 향해 달려가더니 머리를 조아린다. 그러더니 어른을 끌어서 다시 자리에 앉힌다.

"어, 왜들 그러시오?"

어른께서 겁먹은 표정으로 말씀하신다. 그러나 우락부락한 만주인들은 아랑곳하지 않은 채 어른을 앉히더니 큰소리로 말하였다.

"어른, 몰라뵈었습니다. 저희 잔을 받으십시오."

그러고는 자기들 술병을 가져와서는 다시 어른 잔에 가득 따른다.

"마음껏 드십시오."

어안이 벙벙해진 어른께서는 어쩔 줄 모르시더니 그릇을 들어 다시 벌컥벌컥 마신다.

"역시 대인이십니다, 어른. 저희는 만주에서 온 장사치들입니다."

만주인들이 두 손을 마주 잡고는 공손히 인사를 한다. 그러자 어른께서 일어나시더니 "어흠!" 한마디 말만 남긴 채 계단을 향해 바람을 일으키며 나가신다.

어른이 계단을 내려가자 남은 사람들이 큰소리로 웃으며 고함을 친다.

"우하하, 대단한 분이셔."

"정말 놀랍구먼. 조선 사람들은 술을 저렇게 마시나?"

난리가 아니다. 나는 그 소란을 틈타 조용히 나와 어른의 뒤를 다시 밟았다.

숙소로 돌아온 어른을 기다리는 것은, 출발 채비를 갖춘 일행이었다.

"어디들 가는 거요?"

괜찮을라나…

"성승을 만나러 갑니다. 황제의 명이 다시 내려왔다오."

결국 성승을 만나러 가야 했다. 이럴 바에야 처음부터 갔으면 황제에게도 잘 보였고, 우리도 편했을 텐데. 우여곡절을 겪으며 가니 황제의 칭찬도 받지 못하고 목표한 바도 이루지 못하고 말았다.

내가 공부를 열심히 해서 벼슬을 하게 되면 이런 잘못을 저지르지 말아야겠다.

청나라 말을
구경하다

사신 일행은 바로 오늘을 위해, 멀고 먼 길을 걷고 수많은 어려움을 극복하며 이곳 열하까지 왔다. 맞다, 오늘이 청나라 황제의 만수절이다. 나이 일흔이 된 것을 축하하는 날.

일흔이라. 요즘 사람들은 환갑, 즉 61세를 넘기기도 어려운데, 청나라 황제는 일흔이 되도록 건강하다니 황제는 달라도 많이 다른가 보다. 아, 우리나라에도 일흔이 넘은 어른이 많으니 꼭 그런 것도 아니구나.

아침부터 마당이 부산하더니 이윽고 조용하다. 당연하다. 정사를 비롯한 어른들은 모두 만수절에 참여하기 위해 궁으로 들어갔고, 나머지 사람들은 거리 구경에 나섰기 때문이다.

어른도 나가시고 숙소에는 남은 사람도 별로 없다. 기껏 남은 사람들도 골패 같은 놀이에 열중하고 있다. 골패도 노름의 일종인데, 납작하고 네모난 나뭇조각을 가지고 하는 놀이다. 그런데 나는 노름을 싫어한다고 했잖은가. 그래서 나도 바깥 구경이나 하기로 작정하고 숙소를 나섰다.

얼마쯤 갔을까, 수백 마리도 넘어 보이는 말과 수십 마리 소 떼를 한 젊은이가 말을 타고 몬다. 우리나라에서는 상상도 할 수 없는 모습이다. 수백 마리 말과 수십 마리 소를 키우는 집도 없으려니와, 말과 소가 들을 누비는 건 더더욱 상상할 수 없다.

우리나라에서는 말이건 소건 모두 집안이나 집 주변에서 키운다. 그런데 청나라에서는 모든 동물을 들판에서 키운다. 집에서 키우는 것은 고작해야 닭이나 돼지 정도밖에 없다. 이처럼 동물이 많으니 끼니마다 고기를 먹을 수 있는 것이다. 우리나라에서는 소고기 맛을 한 달에 한 번도 보기 힘들다. 닭고기도 일주일에 한 번이나 먹을 정도다. 그런데 청나라 사람들은 매일 닭이나 돼지, 양, 거위 같은 고기를 먹는다. 소고기도 심심찮게 먹는다.

갑자기 부러운 느낌이 든 나는 한참 동안 들판을 뛰어다니는 말과 소를 바라보았다.

내 직업이 경마잡이니까 나는 자나 깨나 말을 돌본다. 그런데 이곳에서 말을 살펴보다가 문득 몇 가지 생각이 떠올랐다.

'왜 이곳에서는 말로 짐을 나르지 않을까?'

맞다. 우리나라에서는 말을 이용해 가장 많이 하는 일이 짐을 실어 나르는 것이다. 소를 이용하기도 하지만, 힘센 말이 짐 나르기에 더 좋다. 말을 타는 사람도 있지만 그건 양반들에게나 해당한다. 양반들도 말을 타고 달리는 것이 아니라, 나 같은 경마잡이가 고삐를 잡고 천천히 걸을 뿐이다. 그러니 청나라처럼 말 타고 들판을 달리는 일은 상상하기도 힘들다.

반면에 청나라에서 말은 대부분 사람이 타는 데 사용한다. 짐은 수레를 이용해 나르는 경우가 많다. 수레는 나귀나 소가 끄는 경우가 많고 말이 끌기도 한다. 그러나 말에게 짐을 싣는 경우는 본 적이 없다.

또 이곳 말들은 우리나라 말보다 훨씬 크다. 그러니 달리기도 잘하고 힘도 셀 것이다. 우리나라에서 너무 큰 말은 양반들이 타기에 힘들다. 그래서 조랑말을 선호한다. 그러나 조랑말은 속도도 느리고 힘도 약하다. 만일 예전처럼 오랑캐들과 전쟁이라도 치른다면 조랑말 타고 싸워야 할 텐데 아무래도 이기기 힘들 듯하다. 갑자기 걱정이 밀려온다. 전쟁이 나면 오랑캐들이 조선의 예쁜 여자들을 끌고 간다는 말을 들었는데, 그럼 우리 옥년이도 끌려갈 것이다. 조선에

▲ '만수원사연도(万樹園賜宴圖)'라는 그림이야. 나는 만수절 행사를 못 보았지만 다행히 이 그림은 볼 수 있었어. 청나라 황제가 북쪽 유목민 출신이라 그런지 행사하는 곳이 유목민들 집처럼 둥글지. 모인 사람들도 대단한데, 직접 못 본 것이 아쉽기는 하네.

돌아가면 나라도 튼튼한 말을 키워서 적의 침략에 대비해야겠다.

그뿐이 아니다. 우리나라에서는 말에게 여물을 먹인다. 여물은 말이나 소에게 먹이기 위해 말려서 썬 짚이나 마른 풀을 가리키는데, 대부분 이것을 익혀서 먹인다. 나는 삶은 콩이나 끓인 죽을 말에게 먹인다.

그런데 청나라에서는 말과 소들이 그냥 언덕의 풀을 뜯어 먹고 산다. 우리와는 사뭇 다른 모습이다.

"왜 말들에게 익힌 음식을 먹이지 않나요?"

궁금한 나는 말을 끌고 가는 사람에게 물어보았다.

"말은 익힌 음식을 좋아하지 않아. 익힌 음식을 먹고 온종일 달리면 열이 나서 병이 걸리기 쉽지. 또 한 끼만 굶어도 기운을 못 써. 또 말은 찬물을 먹여야 정강이도 튼튼해지고 발굽도 단단해지지. 말은 달리는 것이 일이니까 다리가 튼튼해야 하거든. 조선에서는 말에게 익힌 음식을 먹이나?"

"그렇습니다."

"어허, 그럼 안 돼. 말에게는 찬 음식을 먹여야 해. 알겠어?"

이 말을 듣고 보니, 우리는 말을 제대로 키우지 못하는 게 아닌가 싶었다. 청나라 들판을 뛰어다니는 말들을 보니, 나도 저런 말을 키우고 싶었다. 키도 훤칠하고 다리도 튼튼해서 멋지게 뛰어다니는 말을 끌고 다니면, 나도 멋있게 보일 듯했다.

집으로 돌아온 나는 멋진 말을 끄는 모습을 상상하며 행복했다. 그러나 더욱 행복한 상상은 그런 내 모습을 바라보는 옥년이를 떠올리는 것이었다.

'옥년아, 조금만 기다려라. 곧 간다.'

그러고 보니 옥년이 선물을 못 샀네. 내일은 옥년이 선물을 사야겠다. 연암 어른이 주신…… 아니 내가 모은 돈으로.

7장

다시
연경으로!

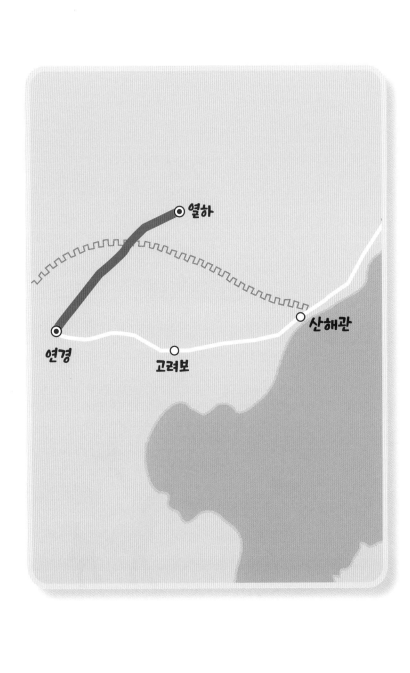

열하

연경

고려보

산해관

연경으로
돌아가다

황제의 만수절 행사가 끝난 후, 우리 일행은 연경으로 돌아가는 중이다.

벌써 며칠째 온 길을 돌아가는지 모르겠다. 사흘인가, 나흘인가. 여하튼 온 길을 돌아가려니 지루하다. 올 때는 새로운 길을 걷는다는 생각, 그 후에는 발을 다쳐서 아무 생각 없이 걸었기 때문에 지루하다는 생각을 하지 못했는데.

그런데 오늘 지나온 길은 정말 놀라워서 일기에 써야겠다.

갈 때는 왜 이 길을 못 보았는지 모르겠다. 아파서 정신이 없어서 그랬나? 그것도 아니면 다른 길로 돌아서 왔나?

무슨 길인지 궁금할 것이다.

드넓은 길이 펼쳐졌는데, 그 길이 정말 멋지다. 길 한가운데에는 말이 달릴 수 있도록 또 다른 길을 닦아 놓았다. 그러니까 길 가운데 또 다른 길이 있는 셈이다.

"이 잘 닦인 길은 뭐예요?"

내가 어른 경마잡이께 물어보았다.

"어, 이건 치도(馳道)라고 하는 거야. 예전에도 한 번 본 적이 있지. 치도는 황제가 말을 타고 달릴 때 사용하는 길인데, 황제가 가지 않을 때는 말이 달리기도 하지. 어때, 정말 멋지지 않냐?"

"정말 멋져요. 우리나라에도 이런 길을 놓으면 좋을 텐데……"

"그런 말 하지 마라. 이 길 놓으려면 얼마나 힘든 줄 아느냐? 내가 예전에 길 닦는 걸 본 적이 있는데, 수많은 장정이 나서서 흙을 깎고 다듬어 반반하게 만들더라. 그뿐이 아니야. 그렇게 다듬은 길을 맷돌로 다지고 흙손으로 발라서 단단하고 반듯하게 만든다. 그러니 이처럼 똑바른 길이 길게 이어지는 거지. 얼마나 단단히 만들었는지, 비가 와도 눈이 와도 꺼지지 않지."

그렇다면 우리나라에서 이런 길을 놓기는 어려울 듯하다. 치도 좌우로는 나무를 세우고, 그 사이를 새끼줄로 막아 사람들이 갈 수 없도록 만들어 놓았다. 그런데 우리 일행 가운데 몇몇은 나무 사이로 들어가 그 길로 걷는다.

"저 녀석들 좀 말려라. 가지 못하게 한 곳을 부득불 가는 까닭이 무어냐?"

연암 어른께서 호통을 치신다. 내가 봐도 좋지 않다. 잘 닦아 놓은 길을 애써 부수려고 하는 까닭을 나도 모르겠다.

백하를
다시 건너다

오늘은 지난번에 건넌 백하를 다시 건넌다.

지난번 백하를 건널 때 엄청난 사람과 물자를 구경했는데, 오늘은 그때보다 더하다. 그때는 뒤늦게 가는 무리만 있었는데, 이번에는 만수절이 끝나고 모든 사람이 한꺼번에 연경으로 가기 때문이다.

청나라 귀족, 관리와 여러 나라에서 온 사신 일행이 뒤섞여 강가가 혼잡하다. 우리 일행 역시 이러지도 못하고 저러지도 못한 채 서성거렸다.

지난번에는 우리를 안내하는 청나라 관리들 덕분에 쉽게 건넜는데, 오늘은 나를 태워 준 제독도 물끄러미 바라볼 뿐 우리를 위해 나서지 않는다.

"이건 분명 우리가 성승을 존중하지 않아서야."

"황제도 우습군. 그런 걸 가지고 우리를 소홀히 하다니!"

"세상 이치가 그런 거야. 우리가 황제의 명을 가벼이 여겼으니, 황제 또한 우리를 가벼이 여기는 것은 당연하지."

"그래도 그렇지, 한 나라의 사신 일행을 이토록 하대하면 안 되지!"

사람마다 제각기 한마디씩 한다. 아무래도 강을 건널 일을 생각하니 부아가 치밀어서 그럴 것이다.

어른들 몇이 가서 제독에게 하소연하지만, 제독도 어쩔 수 없다는 표정을 지으며 강 건너 불구경하듯 한다. 한참을 서성댄 후 가까스로 강을 건널 수 있었다. 갈 때는 배도 크고 널찍했는데, 오늘은 작은 배에 일행이 빼곡히 탄 채 건너야 했다. 세상인심이 하루아침에 변할 수 있다는 사실을 깨달았다.

청나라 감을
먹어 보다

오늘은 점심을 먹고 나서 한 가게에서 감을 사서 먹었다. 청나라 감은 처음 먹어 보았다.

그런데 청나라에 와서 이상하다고 느낀 점이 과일이다. 왜 같은 과일인데 청나라에서 나는 것과 우리나라 것이 다를까? 청나라 참외도 분명 참외인데, 생김새도 약간 다르고 맛도 다르다. 우리나라 것보다 훨씬 촉촉해서 맛있다. 그러나 누군가는 우리 것이 더 낫다고 한다.

"우리나라 참외는 사각거리는데, 청나라 참외는 물컹하잖아. 그러니 우리 것이 더 맛있다고."

"나는 청나라 것이 더 맛있던데. 촉촉하고 더 달아."

오늘 먹은 감도 마찬가지다.

분명 감인데, 우리나라 것보다 달고 연하다. 참외가 그런 것처럼 우리 것보다 더 촉촉하다.

그러고 보니 같은 사람이라도 우리나라 사람과 청나라 사람이 다르고, 몽골 사람이 다르며 만주 사람이 다른 것처럼 과일 역시 나는 곳에 따라 다른 듯하다.

각 나라에서 나는 동물도 조금씩 다르다. 말도 우리 말보다 청나라나 만주 말이 더 크고, 닭도 다르다. 돼지도 다르고 소도 다르다. 우리나라에서는 검은 소를 찾아보기 힘든데 이곳에는 검은 소가 무척 많다. 반대로 누런 소는 별로 없다. 아, 낙타 같은 동물은 우리나라에 아예 없다. 그러니 동물이건 사람이건 과일이건, 나는 곳이 다르면 생김새도 다른 것이 세상 이치인 듯하다.

그렇다면 청나라와 우리나라 말이 다르고 풍습이 다른 것 또한 당연하다. 옷차림도 다르고 음식도 다르다. 나라가 다르고 사는 곳이 다르면 모든 것이 달라진다는 사실을 깨달았다.

역시 사람은 많은 경험을 해야 한다. 그래야 이런 것도 배울 수 있으니까.

연경에
돌아오다

드디어 오늘 연경에 도착했다. 일행과 헤어져 열하로 떠난 지 보름 만에 다시 만났다.

장복이는 나를 보자마자 반가운 척을 한다. 진짜 반가워서 그러는지 내가 선물이라도 가져왔을까 봐 그런지 모르지만, 나 역시 반갑다. 그래도 내가 윗사람인데, 보고 싶다고 말하는 것은 자존심 상하는 일이다. 나는 오랜만에 만난 김에 장난을 한번 쳤다.

"장복아, 너 주려고 별상금 받아왔다."

장복이는 함박 웃으며 묻는다.

"별상금이라면…… 황제께서 상금을 주셨단 말이냐?"

"당연하지. 천 냥이나 주셨다고. 너에게 절반 줄게."

"절반이나?"

장복이는 진짜인 줄 알고 눈이 왕방울만 해진다.

"이 녀석아. 믿을 걸 믿어라. 집 한 채에 500냥인데 상금으로 천 냥을 주셨다고? 창대 너도 그런 거짓말하면 안 된다."

장복이를 속이는 데는 성공했는데, 어른께서 파투를 내신다.

"어르신, 장복이를 오랜만에 만나서 기쁜 마음에 장난을 친 겁니다요. 용서해 주십시오."

"허허, 내 그걸 모르겠느냐? 그래도 장복이가 진짜인 줄 알았다가 거짓말인 걸 알면 얼마나 실망하겠느냐?"

맞다. 장복이는 진짜 실망하는 눈빛이다. 미안해라. 나는 장복이를 끌고 구석으로 갔다.

"장복아, 이거 받아."

나는 어른께서 주신 청심환 다섯 알 가운데 두 알을 장복이에게 주었다. 돈 200닢도 나누어 주고 싶었지만, 청심환을 받은 장복이가 너무 좋아해서 그만두었다. 저렇게 좋아하는데 돈까지 주면 기절할지도 모른다. 만일 장복이가 이역만리 타향 땅에서 기절이라도 하면, 장복이 부모님이 얼마나 애통해하시겠는가. 그러니 마음이 아파도 돈은 내가 다 갖기로 했다.

"너 황제는 만나 보았니?"

장복이가 묻는다.

"당연하지. 황제는 호랑이 눈에 코는 화로처럼 불뚝이면서 크고 옷도 안 입고 있더라."

"머리에는 왕관을 쓰고 있더냐?"

"왕관이 뭐야. 황금으로 만든 투구를 쓰고 있더라고. 어찌나 빛이 나던지 눈을 도무지 못 뜨겠던데."

"우아, 정말 좋았겠다."

장복이는 진짜 순진하다. 경마잡이가 청나라 황제를 어떻게 만난단 말인가. 그런데도 내 거짓말을 철석같이 믿는다. 그렇다면 한마디 더 해 주마.

"황제께서 내게 술을 따라 주면서 말도 했어. '어른을 모시고 이 먼 길을 왔으니 참으로 기특하구나. 내 너에게 별상금 천 냥을 내리노라.'"

그제야 장복이도 거짓말인 걸 깨닫고는 나를 칠 듯이 달려든다.

밤이 되어 많은 사람이 연암 어른이 묵는 방으로 모였다. 어른의 이야기가 무척 재미있기 때문이었다. 어른께서 한참을 이야기하는데, 사람들 눈길이 한구석으로 향한다. 여행 내내 내가 메고 다닌 보따리다. 처음 열하에 갈 때는 붓과 벼루 등 단출했는데, 지금은 묵직했다. 아무래도 그 안에 대단한 선물이라도 들어 있다고 여기는 듯하다.

"저 보따리가 궁금한가?"

사람들 낌새를 알아챈 어른께서 말씀하시더니 내게 눈짓하신다.

나는 일어나 보따리를 어른 앞에 가져다 놓았고, 어른께서는 보따리를 찬찬히 푸셨다.

"자, 보게나."

사람들이 일제히 호기심 어린 눈으로 보따리 안을 쳐다본다. 나는 이미 알고 있다. 그 안에는 이번 여행 내내 어른께서 여행 때 만난 사람과 나눈 이야기, 그리고 어른께서 청나라 문물을 보고 느낀 점을 기록하신 종이밖에 없다.

"내가 여행 다니면서 이 사람 저 사람 만나서 나눈 이야기, 그리고 이곳저곳 다니며 느낀 감상을 쓴 글들이라네. 조선에 돌아가면 이 자료를 가지고 열하에 다녀온 기행문을 쓰려고 준비한 것이야."

대단한 선물이라도 기대했던 사람들은 실망한 빛이 역력했다.

내일은 드디어 옥년이가 있는 고향을 향해 출발이다. 누워서 고향 생각을 하니 마음이 푸근하다.

에필로그

1805년 10월 20일
연암 어른께서 돌아가셨다!

오늘 연암 어른께서 세상을 떠나셨다.

예순아홉 나이라면 다른 사람들에 비해 적게 사시지 않았으니, 한이 없다고 하는 사람도 있다. 그러나 평생에 걸쳐 어른을 모셔 온 나로서는 안타깝기 그지없다. 어른 같은 분은 드물기 때문이다. 물론 몇 년 전부터 뇌졸중으로 거동이 불편하셨다. 평생 해 오시던 글쓰기도 중단하셨다. 그러니 공부만 하시던 어른으로서는 더 사는 것을 반기지 않으셨을지도 모른다.

아버님과 어른의 영향을 받아 평생 공부하겠다고 다짐한 나 같은 하인도 하루라도 글을 읽지 않으면 답답한데, 어른은 말할 나위도 없을 것이다. 수족을 움직이지 못하며 답답해하시던 어른을 떠올리면 마냥 슬퍼할 일도 아니다.

그렇지만 나도 마흔이 넘고 보니, 연암 어른 같은 분이야말로 정말 훌륭한 분이라는 사실을 깨닫는다. 나이를 먹을수록, 벼슬 따위 세상의 공명을 하찮게 여기면서 자신의 수양과 공부에 열중하는 어른이 드물기 때문이다.

어른을 모시고 청나라를 다녀온 지 3년여가 지나 어른께서는 《열하일기》라는 책을 쓰셨다. 물론 내게 보여 주지는 않으셨다. 보여 주셨다고 해도 제대로 이해하기 힘들었을 것이다. 만일 그 글을 한글로 쓰셨다면 정말 좋았을 텐데, 하는 생각은 한다. 그럼 어른과 내가 함께 겪은 일들을 어른께서 어떻게 표현했는지 배울 수 있을 테니까.

그뿐이랴, 태어나서 단 한 번도 청나라 구경은커녕 만주에도 가보지 못한 수많은 사람에게 새로운 문물을 전해 줄 수 있었을 것이다.

나 역시 그때 다녀온 일들을 기록해 놓았다. 이 일기가 바로 그것이다.

그러나 돌아온 후로는 매일 글을 쓰지 않았다. 조선에서의 삶은 늘 똑같아서, 특별히 일기를 쓸 일이 없었기 때문이다. 아침에 일어나면 말 먹이 주고, 어른께서 외출하신다면 말고삐를 잡고 다녀왔으며, 장복이가 없을 때는 어른 시중을 들기도 하면서 하루하루를 지 냈다. 당연히 어제 일기와 오늘 일기가 같을 것이고, 오늘 일기와 내 일 일기가 같을 것이다. 그러니 일기 쓰고 싶은 욕심이 나지 않았다.

청나라를 다녀온 지 두 해가 지나 옥년이와 혼인을 한 후 순길이 와 홍선이를 낳아 기르는 재미야 더할 나위 없이 컸다. 순길이가 자 라면서 아버님이 그러했듯이, 나 역시 순길이가, 그 후에는 홍선이 도 공부를 했으면 하고 바랐다.

그러나 세상일이 마음대로 되지 않았다. 아버님 시대에도 그랬 고, 내 시대에도 그랬으며, 순길이나 홍선이 시대에도 하인으로 태 어난 사람이 공부하기란 쉽지 않았다.

그러나 나는 결코 포기하지 않는다. 지금은 어려울지 모르지만 순길이가 어른이 될 무렵에는 누구나 공부할 수 있을 것이다. 만일 그때도 안 된다면 순길이 자식이 태어나 자랄 때는 될 것이다. 그때 도 안 되면 순길이 손주가 자랄 때는 분명 될 것이다.

많은 공부를 하지는 못했지만, 틈틈이 공부한 끝에 다음과 같이 깨달았기 때문이다.

"세상은 나날이 발전할 것이고, 발전한다는 것은 누구나 공부해 서 자기가 뜻하는 바를 이룰 수 있다는 것이다. 그러니 사람으로 태 어난 이상 누구든 공부를 게을리해서는 안 된다."